KB130120

직업으로서의 음악가

직업으로서의 음악가

어느 싱어송라이터의 일 년

김목인 지음

일러두기

• 이 책은 국립국어원 외래어 표기법을 원칙으로 하고 있다. 다만 신scene이나 세트 리스트set list와 같이 오늘날 대중음악 현장에서 〈씬〉이나 〈셋리스트〉로 널리 통용되는 외래어들은 현장의 언어를 그대로 살려서 표기했다.

이 책은 실로 꿰매어 제본하는 정통적인 사철 방식으로 만들어졌습니다.
사철 방식으로 제본된 책은 오랫동안 보관해도 손상되지 않습니다.

프롤로그

〈직업으로서의 음악가〉라고 써놓고 보니 클래식 지휘자부터 세계적인 아이돌까지, 수많은 음악가들이 의자를 바짝 당겨 앉는 기분이다. 〈그래, 우리의 직업이 어떻다는 거지? 어디 한번 들어나 볼까?〉

사실 나는 〈음악〉이라는 거대한 기업의 아주 작은 지점(한국의 인디 음악계)에서 일하고 있고, 본사라는 게 있다면 여긴 아주 멀리 떨어진 분점쯤 될 것이다. 뭘 써도 내가 본 작은 세계 이상은 쓸 수가 없다.

그래서 대략 알고 있는 이 일의 평균치보다는 오늘도 이어지고 있는 내 어수선하고 자잘한 일상에 대해 써보기로 했다. 또한 조그만 세계를 통해 넓은 곳을 엿보려는 독자라면 〈최대한 평소대로 얘기해 주길〉 바랄 거라 믿는다.

나는 음악을 한 지 15년쯤 되어 가는 싱어송라이터다.

초반에는 밴드로 시작해 5~6년쯤 활동한 뒤부터는 솔로로 활동해 오고 있다. 햇수를 정확히 모르는 것은 대부분의 일들이 페이드인으로 시작해 페이드아웃으로 끝났기 때문이다. 음악을 본격적으로 시작한 것도 취미와 일의 경계 어느 지점에서부터였고, 혼자 활동하게 된 것도 〈어느 날 보니 혼자 공연을 하고 있었다〉. 말하자면 공식적으로 활동을 쉰 기간이 없는 셈인데, 그래도 사람들은 나를 만나면 여전히 〈공연은 언제 하나요?〉라고 묻곤 한다.

지금은 내 방에 앉아 잠시 이 원고를 쓰고 있다. 머리를 감다가 내 일에 대해 잘 설명할 수 있을 것 같은 또렷한 자각이 들었기 때문이다. 책상 위에는 너저분한 물건들과 출력한 가사지가 널려 있고, 오후에는 주말에 함께 공연할 다른 싱어송라이터와의 합주가 잡혀 있다.

가사지 밑에 깔려 있는 노트북에는 3집이 될 것으로 예상되는 작업물들이 저장되어 있다. 소중히 모셔 놓아도 모자랄 판에 교통카드와 메모지, 공연 관계자에게 받아 온 핫 팩들로 잔뜩 뒤덮여 있다. 연말에 프로듀서에게 데모를 보낸 뒤 아직 편곡에 들어가자는 얘기가 없어 일단 대기 중이다.

작업의 공백이 꽤 길다 보니 노트북은 다섯 살 난 딸아이의 책상 위로 가 색종이와 스티커들에 파묻혀 있었다. 며칠 전 모처럼 연결해 놓고 헤드폰을 끼고 있는데 아이가 등을 두드려 놀랐다. 「아빠, 언제까지 하실 거예요? 저 그 컴퓨터로 TV 봐야 하거든요.」

지금 아이는 어린이집에 갔고, 소설을 쓰는 아내는 근처 카페에 나가 작업을 하고 있다. 곧 점심시간이다. 서두르자. 벌써 반투명 창으로 정오의 빛이 스며들고 있다.

차례

3
작은 가게와 음악가

4
작업, 또 작업

5

앨범 녹음 일지

1

싱어송라이터, 나의 직업

음악가들의 1월

음악가들에게 1월은 일이 없는 달이다. 서로 비집고 들어가려는 파티처럼 북적이던 연말도 제야의 종소리와 함께 약속이나 한 듯 조용해진다. 중순쯤 연주자들과 통화해 보면 〈보릿고개지요, 뭐〉 하며 겸연쩍게 웃는데, 이런 사정은 나도 마찬가지다. 그래도 나는 이 1월이 좋다. 하얀 눈밭 같은 1월. 아무도 연락하지 않았으면 좋겠다. 올해에는 내가 그 위에 먼저 발자국을 찍을 것이기 때문이다!

책상을 덮고 있는 서류들을 치우고 언제라도 작업에 착수할 수 있도록 방 배치를 다시 한다. 올해에는 꼭 앨범을 발표하자 생각하며 작업 중인 곡목을 적어 보고, 전체를 한눈에 보기 위해 벽에 포스트잇으로 붙인다. 일의 우선순위도 조정한다. 언제나 1순위로 시작해 뒤로 밀리고 마는 〈곡 작업〉을 다시 위로 끌어올린다. 작업의 동기도 부여한다. 예를 들면, 유튜브에서 현대음악의 거장 스트라빈스키가 T자와 가위, 풀로 교향곡 악보를 자르고 붙이며 작업하는 모습을 본다.

컴퓨터 바탕화면의 종료된 일들은 〈공연 관련〉 폴더에 밀어 넣는다. 어떤 폴더 제목은 저 일을 어떻게 마쳤었나 싶은 아찔함을 불러일으킨다. 준비할 게 많았던 공연일수록 파일들도 어수선하다. 몇 번 고친 여러 버전의 큐시트, 소개 글과 프로필, 연주자들에게 보냈던 음원들, 스캔한 악보들, 누군가 보내 주었거나 내려받았던 공연 사진들. 모두 과거의 폴더들로 집어 넣는다.

나보다 기술적인 것에 친숙한 음악가들은 새 프로그램을 깔거나 새 음향 장비를 구입하는 것으로 새해의 각오를 다지는 것 같다. 1월이 지나고 만나면 다들 작업실이나 대기실 한구석에서 그간 업데이트한 것들에 대해 긴밀하게 이야기를 나눈다. 그 진지함은 클럽 입구에서 담배를 피우며 뭔가를 상의하는 옛날 재즈 연주자들의 사진을 떠올리게 하는데, 어쩌면 그 사진 속 연주자들도 새로운 재즈 혁명이 아닌 장비 업데이트 같은 이야기를 하고 있었을지 모른다.

가끔 이 음악 프로그램이나 〈장비〉에 대한 이야기는 각오의 정도를 측정하는 기준으로도 쓰인다. 〈나 프로그램 새로 깔았어〉는 〈올해는 정말 음악 열심히 하려고〉라는 뜻이고, 〈누가 새 악기를 샀대〉는 〈그 친구 이제야 마음 단단히 먹은 것 같더라고〉 정도의 뜻이랄까. 형제애 같은 것도 있어, 남이 뭘 샀다고 하면 내가 사지 않았어도 꽤 흐뭇해 한다. 다들 이렇게 나름의 방식으로 새해의 의식을 치른다.

공연 제안이나 외부에서 오는 연락은 보통 2월부터 온다. 그건 우리의 일이 사회의 다른 분야와 〈시소〉처럼 맞물려 있기 때문이다. 한쪽이 심각해지면 한쪽은 느슨해진다. 만일 회사들마다 시무식을 공연 관람으로 대신한다거나 모임마다 작심삼일을 이겨 내려고 파티를 여는 게 유행이라면 음악가들도 1월이 분주할 것이다. 하지만 연초는 사람들이 한창 일에 집중하는 시기이고, 우리는 연말에 쉬지 못한 한숨을 이때야 비로소 쉰다. 그러면서 우리의 일이 다른 이들의 〈휴식〉과 연관되어 있다는 것을 새삼 느끼게 된다. 나 역시 남들 놀 때 일하고, 남들 일할 때 쉬는 셈 치고 1월을 여유롭게 보낸다.

그러다 보면 정확히 2월 2일 1시에 휴대폰이 울릴 것이다. 왜 2월 2일일까? 1일은 기획자 입장에서도 너무 워커홀릭처럼 보이니까 하루쯤 지나 점심을 먹고 전화를 거는 것 같다. 모두가 같은 생각을 하는 듯 연락이 몰린다. 이렇게 얘기하면 인기가 많아 전화가 쇄도하는 줄 알겠지만, 이때가 새해가 시작된 지 이미 한 달이 지난 시점이라는 것을 기억하자. 또 어떤 일을 10년 정도 해왔다면 으레 걸려 오는 연락들과 해마다 돌아오는 주기적인 일들이 있는 법이다. 이 무렵 내 스스로 어느 정도 정리가 되어 있어 그 일들을 산뜻한 기분으로 받아들일 수 있는지의 여부가 한 해의 분위기를 결정하는 것 같다.

1월이 다 지나도록 작년의 피로감에서 벗어나지 못했다면 상쾌하게 전화를 받을 수가 없다. 전화들이 나의 1년을 먼저 선점해 버리려는 느낌으로 다가온다. 연락들은 보통 얼마 뒤, 가깝게는 3월, 멀게는 10월에 뭘 하자는 제안까지 있다. (「그때 일정이 있으신가요?」 일정이 있을 리가 없다.) 새해에 꾸준히 같이 뭘 하자는 다소 장기적인 제안들도 있다. 과연 내 계획과 그 제안들을 조화시킬 수 있을까, 나는 전화를 받으며 망설인다.

누군가는 간절히 기다리고 있을지 모를 기획자의 연락을 내가 이렇게 방어적으로 묘사하고 있는 것은 모처럼 작업에 방점을 찍고 싶을 때의 기분을 설명하기 위해서다. 나는 작업자의 정체성을 가진 사람이고, 작업자란 아무리 더뎌도 작업부터 해두지 않으면 찜찜한 사람들이다. 또 이 작업은 매일 일정한 분량이 생산되는 그런 일이 아니라서 조금 여유를 둔 시간을 확보해 두어야 한다. 그저 집중을 좀 해봐야겠다 정도로 생각하다가는 그 느슨한 틈으로 발 빠른 세상이 금세 밀고 들어온다.

1월이 여유로우면서도 조급한 것은 연말까지는 뭘 조정해 보려 해도 조정할 수가 없기 때문이다. 12월의 어느 날 전철역에서 나와 공연장으로 향하고 있으면, 작년의 12월, 재작년의 12월이 떠오르며 〈맞아, 그때도 난 이렇게 공연을 하러 가고 있었어〉라는 생각이 든다. 이런 것으로 내 단골 소재 중 하나인 〈인생의 순환〉에 대한 노래를 쓸 수도 있겠지만, 〈인생이 이렇게 매년 흘러가는 것인가〉 하는 아찔함이 그 생각을 방해한다.

공연을 하고 돌아와 작곡을 한다는 그림은 생각만큼 쉽지 않다. 공연은 실제 필요한 시간 외에도 보이지 않는 에너지가 들고, 사람들과의 관계 속에서 이루어진다. 상반기가 지나면 이미 〈뭔지 모르지만 아무튼 뭔가 많다〉는 느낌이 들면서 책상은 공연을 하고 와 풀어놓은 흔적들로 가득 차 버린다. 그렇게 슬슬 〈그래, 연말까지는 이대로 가자〉는 심정이 되어 버린다. 그러면서 내 일의 큰 부분을 차지하는 두 부분이 내게 어떤 의미를 지니는지 깨닫는다.

공연 보통 누군가의 제안으로 시작된다.

곡 작업 보통 나의 개인적인 동기에서 시작된다.

나는 언제나 이 두 일의 조화를 궁리하며 산다. 또 음악가라고 해서 사회 밖에서 사는 것이 아니다. 〈다들 일요일에 쉬지만 나는 목요일에 쉬어〉라는 식으로 깔끔하게 분리되지가 않는다.

그래서 나는 1월을 하얗게 비워 놓고 나름의 작전을 짜면서 보낸다. 몇 주가 흐르고 공연한 지 꽤 오래된 기분이 들 즈음, 새해 첫 공연의 무대에서 리허설을 하고 있을 것이다. 소개를 맡은 분이 다가와 〈인디 가수〉라고 소개하면 괜찮을지 물어본다. 나는 그냥 〈싱어송라이터〉로 소개해 주면 된다고 대답한다. 뭔가 불충분해 하는 느낌이다. 「그게 전부인가요?」 소개자가 묻는다. 그게 전부다. 싱어송라이터, 그것이 내 정확한 직업이다.

싱어송라이터 원론

요즘은 어느 자리에서 자기소개를 해달라면 〈노래를 만들고 부르는 싱어송라이터입니다〉라고 얘기한다. 〈싱어송라이터〉라는 발음과 함께 〈워〉 하는 감탄사를 듣는 경우도 많은데, 마치 내가 이렇게 말하기라도 한 것 같다. 〈단순한 가수가 아니라 **싱어송라이터**란 말입니다!〉

많은 직업들처럼 내 직업도 사회 안에서 여러 가지 과장된 이미지, 심지어 실제와 전혀 동떨어진 이미지로 통용되고 있는지도 모른다. 일이란 자신에겐 뚜렷하지만 남들에게는 한없이 모호하기 때문이다.

내가 싱어송라이터로 자신을 소개하는 이유는 간단하다. 이 명칭에 나의 일이 가장 잘 요약되어 있기 때문이다. 종종 〈싱어송〉과 〈라이터〉의 합성어로 오해받는 이 알쏭달쏭한 단어는 〈싱어Singer〉와 〈송라이터Songwriter〉를 나란히 붙인 말이다. 즉 노래하는 이와 노래를 만드는 이가 합쳐진 단어다.

프랑스에서는 작사가Auteur, 작곡가Compositeur, 해석자Interprète 세 가지로 구분한 ACI라는 단어도 쓰던데 이쯤 되면 싱어송라이터라는 직업의 어깨가 훨씬 더 무거워지는 느낌이다.

그러나 싱어송라이터라고 해서 꼭 노래도 잘하고, 작곡도 잘해 모든 걸 혼자 해내는 다재다능한 사람을 의미하지는 않는다. 그저 그 몇 가지 요소가 다 들어 있는 일을 한다고 보면 된다. 간혹 나를 싱어송라이터로 알고 있는 사람들조차 〈방금 부르신 곡, 혹시 직접 쓴 건가요?〉라고 물으며 놀라운 표정을 짓는 경우가 있다. 이것은 의사를 보며 진찰도 하고 치료도 한다고 놀라는 것과 비슷하다. 둘이 합쳐진 일을 하는 게 이 일의 본래 특징이다.

간략히 도식화해 본다면 이 정도가 되지 않을까.

싱어송라이터 ≠ 싱어 + 송라이터
= 싱어 × 송라이터

* ×는 컬래버레이션 같은 협업 작업에서 쓰는 ×.

즉, 싱어송라이터에게 노래를 만들고 부르는 일은 단

순한 합(合)이라기보다 화학적으로 혼합된 일이다. 노래만 보아도 일상어와 짧은 길이의 멜로디가 섞여 절묘한 효과를 낸다는 점, 한쪽이 0이면(즉, 감흥이 없으면) 전체가 0이 된다는 점에 있어 + 보다는 ×가 어울린다.

노래 ≠ 가사 + 멜로디
= 가사 × 멜로디

물론 싱어송라이터 중에는 보컬리스트로만 떼어 놓고 봐도 뛰어나고 연주 역시 빼어난 다재다능한 사람들도 있다. 그러나 양쪽을 다 마스터한 뒤 둘을 합쳐야 싱어송라이터가 되는 것은 아니다. 어린아이들이 흥얼대며 노랫말과 멜로디를 동시에 지어 부르듯, 싱어송라이터는 기본적으로 그렇게 작업하는 사람들이다.

이러다 보니 자신에게 익숙한 미묘한 노래와 연주는 해도 다른 곡은 제대로 못 부른다든지 어느 이상 기교가 필요한 연주는 못한다든지 하는 사람도 많다. 이런 맥락을 알아야 싱어송라이터와 함께 노래방에 갔다가 실망을 하는 일이 없다.

나 역시 사석이나 노래방에서 가수로서 기본이 안 되어 있다는 놀림을 들을 때가 종종 있다. 우리나라는 전 국민이 어느 정도 가수이기 때문에 모름지기 가수라면 어느 정도 고음을 낼 줄 알아야 한다든지, 어느 정도의 쇼맨십을 가져야 한다든지 하는 기준이 있는 것 같다. 그 앞에서 아무리 싱어송라이터가 어떤 직업인지 주절주절 설명해 보았자 소용이 없다.

사실, 싱어송라이터의 역사는 길다면 길다. 음악의 역사에 대한 책들을 보면 해변에서 하프를 뜯으며 서사시를 읊고 있는 우리의 선배들을 볼 수 있다. 거문고를 타며 시를 짓던 이들도 넓은 의미의 싱어송라이터라고 볼 수 있을 것이다. 그러나 좀 더 직접적인 계보를 찾는다면 오늘날의 대중음악이 꽃피던 1950~1960년대를 시작으로 보는 게 맞을 것이다.

밥 딜런이 이전 세대의 유산으로 복잡한 가사의 포크송을 만들기 시작했던 것이 이 무렵이었고, 전쟁이 끝난 파리의 카바레에서 현대판 음유 시인들이 기타나 피아노를 치며 위트 있고 풍자적인 노래를 부르기 시작했던 것도 이 무렵이었다.

그전까지 가수는 작곡가에게 곡을 받아 부르는 게 보통이었다. 수많은 히트곡을 쓰는 〈마이더스의 손〉과 그 곡을 잘 소화하는 〈가수〉라는 분업은 지금도 메이저 음악 시장의 한쪽을 차지하고 있는 방식이다.

그러나 당시의 새로운 세대는 이런 안전한 방식만으로는 만족할 수 없었던 것 같다. 현대 사회는 복잡한 일들이 하루가 다르게 벌어지는 시대였고 사회에 존재하는 다채롭고, 어둡고, 복잡한 풍경까지 표현하려면 좀 더 간소하고 순발력 있는 방식, 즉 직접 쓰는 방식이 필요하다고 느꼈다. 싱어송라이터 음악에서 유독 이야기가 강조되어 있는 것은 이런 배경 때문이다.

록 음악의 전성기가 시작되면서 싱어송라이터는 밴드와도 영향을 주고받게 되는데, 그래서 이 둘은 지금도 꽤 가까운 편이다. 많은 밴드의 멤버가 싱어송라이터로 활동해 왔고, 록 밴드가 자신들의 곡을 직접 쓰는 것은 당연하게 여겨진다. 또 훌륭한 밴드는 그 자체로 훌륭한 싱어송라이터이기도 하다.

싱어송라이터는 〈작곡하는 가수〉이지만 거꾸로 보면 〈무대 위에 노출된 작곡가〉이기도 한다. 사람들은 음악을 그 자체로도 즐기지만 음악가 개인의 인간적 면모와 연결지어 즐긴다. 겉보기에 슬픈 노래이지만 작곡가의 우스운 사연을 알고 미소 짓는 관객들도 있고, 한 음악가가 어두운 시기를 딛고 쓴 곡이라는 사실 때문에 그 곡을 더 사랑하는 경우도 있다.

즉 싱어송라이터 음악은 개개의 작곡가가 펼치는 모노드라마 같은 음악이다. 음악뿐 아니라 싱어송라이터의 행보, 그 사람의 캐릭터(셔츠나 말실수 등)가 무언의 메시지를 전달해 왔다.

내 경우 처음에는 노래보다 악기 연주에 관심이 있었던 데다, 밴드 멤버로 활동을 시작했기 때문에 스스로를 싱어송라이터라고 여기지 않았다. 멤버 여럿이 브레인스토밍으로 가사를 완성하기도 했고 다른 멤버가 쓰던 가사를 받아 나머지를 완성하기도 했다. (서너 명이 함께 연주할 노래를 쓰다 보면 알게 모르게 좀 더 쉽고 명확해야 한다는 것을 의식하게 된다. 이야기로 치면 내밀한 일기보다는 즐거운 대화 정도의 수준을 유지한달까.)

그 시절 내 컴퓨터의 폴더에는 밴드에서 부르기에는 어색해 제외해 둔 더 자잘하고 사적인 노래 스케치들이 있었다. 이후 혼자 활동하게 되며 그 스케치들을 다시 들여다보게 되었는데, 어차피 활동도 혼자 할 바에야 가감 없이 더 다양한 주제를 다루어 보자는 생각이 들었다. 이때의 곡들로 첫 앨범을 준비하게 되었고, 스스로를 1인 밴드로 생각하며 편곡에 공을 들이고 있을 무렵 프로듀서가 내게 이렇게 말했다. 「이런 싱어송라이터 음악은 보컬의 이야기 전달력이 중요하니, 편곡보다는 보컬에 시간을 더 할애하죠.」

그때 나는 비로소 내가 만든 노래들이 전형적인 싱어송라이터의 곡이라는 것, 내 곡과 나의 자아가 생각보다 밀접하게 붙어 있다는 것을 깨달았다.

앨범적 사고는 계속됩니다

망원역에 내려 10분 정도 걸어가면 작업실이다. 내 개인 작업실은 아니고 레이블 사무실로, 레이블이란 소규모 음반 제작사를 말한다. 일정한 스타일을 표방하는 음반들을 기획, 제작하고 홍보와 매니지먼트도 한다.

자주 가지는 않고 간단한 녹음이 있거나 작업 회의가 있을 때 가는데, 1집 앨범부터 현재의 레이블과 같이 일해 오고 있다. 별일 없어도 다들 와 있는 북적이는 작업실도 있지만 이곳은 각자 일이 있을 때만 들르는 분위기다. 대표(나의 프로듀서)를 통해 다른 음악가들의 녹음 소식이나 안부를 전해 듣는 경우도 많다.

지하로 이어진 계단을 내려가면 고양이 두 마리가 있다. 아무도 없을 때도 그곳을 지키고 있는 데다 워낙 많은 작업들을 지켜보아 우리끼리는 음악 듣는 귀가 좀 트여 있을 거라고 농담하곤 한다. 천정이 높은 공간에 가벽을 세워 넓은 부분은 사무 공간으로 쓰고, 방음 공사를 한 안쪽은 녹음이나 합주용 부스로 쓴다. 그랜드 피아노처럼 넓은 홀에서 연주해야 하는 악기는 외부 스튜디오를 대여해 녹음하고, 이 부스에서는 주로 라디오 시그널 음악처럼 가벼운 작업이나 보컬 녹음, 밴드 합주가 이루어진다. 물론 이곳에서 직접 녹음해 발매한 음반들도 꽤 있다.

오늘은 앨범 회의를 하러 왔다. 느슨해진 작업 일정들을 다시 챙기고, 다음 회의 때까지 할 일들을 정할 것이다. 사무실 구석구석에는 재고가 담긴 박스들이 쌓여 있고, 한쪽 벽에는 그간 발매한 음반들의 커버 이미지가 붙어 있다. 내 음반도 2개 있다. 이제 다음 앨범을 준비할 때다.

프로듀서와 나는 그간 주고받은 곡 전체를 틀어 놓고 묵묵히 듣는다. 각기 음량이 다른 거친 데모들이 흘러나온다. 1절뿐인 곡들, 혹시 쓰일까 싶어 끼워 넣은 조금 엉뚱한 곡들, 아무리 데모라지만 연주가 너무 엉성한 곡들.

그동안 시간이 꽤 흘러 버린 것은 공연과 이런저런 일을 병행해 온 데다 곡의 개수가 쌓이면 바로 녹음에 들어가는 식으로 작업하고 있지 않기 때문이다. 프로젝트 성격으로 쓴 곡들도 몇 곡 있고, 누군가와 협업해 만들었던 곡들도 있지만 새 앨범을 위한 곡들은 따로 있다고 생각하고 있는 것이다.

나는 하나의 앨범이 유기적으로 구성되길 바라는 작곡가이고, 프로듀서 역시 앨범에 뚜렷한 콘셉트가 떠오를 때 작업해야 좋은 작품이 나온다고 생각하는 편이다. 우린 지금 듣는 데모들의 일정 부분을 버리고 새 곡들로 채워야 할 거라는 것을 알고 있다. 말이 쉽지, 이미 만든 것들을 버리고 새로 만든다는 것은 무척 막막한 일이다.

앨범을 구상할 때면 항상 7~8곡 정도의 습작들을 오래 매만지며 그것들을 관통하는 축을 찾는다. 축을 찾으면 안 맞는 2~3곡을 버리고 녹음 직전까지 5~6곡을 새로 쓴다. 노래들은 여러 상황에서 우연히 생겨나기 때문에, 비슷한 시기에 썼다는 것 외에는 주제 면에서 공통점이 없다. 하지만 모아 놓고 잘 들여다보면 흥미로운 주제의 앨범으로 묶을 만한 연결점 같은 게 보인다. 다만 찾는 데 오래 걸리는 게 문제다.

마치 이것저것 주워 온 조개껍데기들에서 잘 어울리는 조합을 발견해 목걸이를 만드는 것 같달까. 비슷한 것들이 좀 모자라 한 번 더 해변에 가야 하지만, 이번에는 처음처럼 막연히 줍기보다는 방향을 갖고 줍게 된다. 일단 노래를 연결하는 축을 찾으면 앨범 제목도 정하기 좋고, 마치 조명이 켜지듯 그간의 노래들을 새롭게 비추어 준다. 그러면 빈

자리에 무엇을 채워야 할지도 명확해진다.

1집은 〈음악가의 자화상〉이라는 주제로 노래들을 모았고, 2집에서는 내가 생각하는 내 곡들의 특징인 〈복합적인 시선〉을 중심으로 삼았다. 이번 3집은 가상의 캐릭터를 내세운 데다 프로듀서에게 〈콜라보 씨의 일일〉이라는 제목까지 보내 놓았지만, 아직 주인공이 어디 어디를 다니게 해야 할지 정하지 못해 문제였다. 어느 작업자가 방 안에 주인공의 산책로를 그려 놓고, 지금까지 다닌 곳과 새로 다니게 할 곳을 표시하고 있다면 나라도 몹시 흥미 있어 할 것이다. 하지만 그게 내 작업인 경우에는 모든 게 꽉 막혀 버린다.

누군가 옆에서 참견한다면, 주인공을 사건에 휘말리게 하거나 여행을 떠나게 하자는 아이디어도 있을지 모른다. 아침부터 귀가 시간까지를 12곡으로 배분해 시간대별로 배치하자는 아이디어도 가능할 것이다. 하지만 창작자들의 문제는 자기만의 미묘하고 엄격한 기준이 있되, 자기도 그게 뭔지 모른다는 것이다. 뭐가 필요한지는 모르고, 뭐가 아니라는 것만 아는 고집스런 상태.

게다가 음악가로서 내가 솜씨를 발휘해야 하는 부분은 11~12곡 안에서 〈가상의 공간들〉이 적절한 생략과 집중된 묘사로 강약을 이루게 하는 것이다. 이것은 그림책이 아니라 귀로 듣는 앨범이기 때문에, 한산하게 거닐다 중간중간 어딘가에 머무는 느낌이 〈단어〉가 아니라 〈음악〉에서 느껴져야 한다.

이런 생각을 하며 마치 미궁에 빠진 것처럼 또 데모만 무한히 돌려 본다.

〈구성〉을 가지고 이토록 고심하고 있는 것은 내가 〈앨범〉이란 것을 만들고 있기 때문이다. 스트리밍으로 음악을 듣는 시대에 왜 열 몇 곡이 담긴 앨범을 내느라 고생이냐고 물을 수도 있겠다. 하지만 세상에는 앨범을 만들려고 음악을 시작한 사람들이 있다. 동그란 판에 아직 뭘 넣을 수 있는 한 〈앨범적 사고〉는 계속된다.

게다가 앨범은 여전히 활동의 이정표 같은 상징적인 역할을 한다. 프로젝트 앨범이나 싱글을 꾸준히 내왔어도 사람들이 다음 앨범이 언제 나오는지 묻는 것은 그런 이유이다.

나는 쇠퇴한 문화란 아주 사라지기보다 그저 압축 파일처럼 축소되어 구석에 간직되는 거라고 생각한다. 그럴 거라면 잘 축소해 특유의 매력을 유지해 나가는 것이 좋다고 생각한다. 문화는 돌고 도는 거라 언젠가 꼭 되돌아오기 때문이다.

어차피 삶은 세상의 어느 쪽을 보느냐의 문제다. 세상

의 변화를 잘 따라가는 것이 중요한 인생도 있겠지만, 오랫동안 좋아했고 여전히 좋아하는 무언가가 살아 있다는 점이 더 중요한 사람들도 있다.

12곡의 구성을 놓고 고민할 때, 나는 여전히 앨범으로 음악을 듣는 소수를 생각하며 만든다. 현재 내 음악은 음원 스트리밍 사이트나 기타 새로운 방식의 채널에서도 함께 발매되지만, 앨범의 구성을 놓고 고민할 때는 여전히 어딘가에서 케이스를 열고 기대감 속에 첫 곡부터 들어 볼 누군가를 생각하며 만든다.

조그만 사무실에서 아직 머리를 맞대고 있는 것은 이러한 이유 때문이다.

KTX에서의 발상

비바람으로 을씨년스러운 4월 중순, 나는 싱어송라이터인 시와, 황푸하, 다큐멘터리 감독 김은석 님과 목포 신항 공연에 가느라 KTX를 타고 있었다. 우리는 각기 다른 좌석에 흩어져 있다가 옆 승객에게 양해를 구하고 한자리로 모여 앉았다. 우연히 곡 쓰는 어려움에 대한 이야기를 나누게 되었고, 시와 씨가 두 사람은 노래를 어떻게 쓰냐고 해 잠시 스스로를 돌아보게 되었다. 나는 안 그래도 요즘 노래를 어떻게 써왔는지 정리를 좀 해보는 중이라고 했다(이 책 때문에). 창밖에는 시커먼 구름인지 산인지 모를 무언가가 길게 펼쳐져 있었다.

만일 내가 이날 기차 안에서의 상황을 의미심장하게 느꼈고 그 여운이 길게 남았다면, 다들 기대어 잠든 뒤에, 혹은 집으로 돌아와서 짧게 기록을 남겼을 것이다. 아마 이

렇게 시작하지 않았을까? 〈창밖에는 시커먼 구름인지 산인지 모를 무언가가 길게 펼쳐져 있었다.〉

그러나 목포까지 멀리 다녀왔으니 뭐라도 써보자며 기계적으로 노트를 폈다면 〈우리는 목포로 가고 있었네〉 같은 것을 써놓고 기록이 경험에 비해 많이 싱겁다고 생각하고 있었을 것이다.

처음 노래를 쓰고 몇 년이 지나자 나는 후자의 문장보다 전자의 문장에 좀 더 많은 것이 담겨 있다는 것을 알게 되었다. 〈창밖에 길게 펼쳐진 무엇이 있었다〉 정도의 단순한 문장, 의외로 그런 것들이 노래가 된다. 내 눈길을 끌었던 만큼 풍성한 정서를 담고 있기 때문이다.

문제는 이어서 무엇을 쓸 것이냐다. 너무 미묘한 정서에서 시작해 앞으로 나아가기가 쉽지 않다. 〈구름인지 산인지 모를 무언가가 왜 내 눈에 들어왔던 거지?〉 이런 식으로 생각하면 좀처럼 이어지지가 않는다. 이런 경우를 위해 나는 보통 현장에서 최소 1절 분량 정도를 내리 써두는 편이다.

〈……구름인지 산인지 모를 무언가가 길게 펼쳐져 있었다. 시와 씨가 노래를 어떻게 쓰냐고 물었고, 나는 글쎄 노래를 어떻게 썼었지 생각했다. 카트가 다가왔고, 직원 아주머니가 칼라만시라는 음료를 추천하고 분말을 타며 그

간 기차 안에서 만난 유명인들 이야기를 해주기 시작했다…….〉

이렇게 길게 써두지 않으면 며칠 뒤, 혹은 몇 주나 몇 달 뒤에 봤을 때 다시 그 미묘한 정서에 접속하기가 쉽지 않다. 실제로 한 줄만 써둔 메모는 노래가 될 확률이 적다. (가끔 다른 곡을 쓸 때 재료가 되기도 하지만.)

어느 정도 분량으로 메모를 남겨 두면 그 이야기에 담긴 것이 무엇인지 서서히 발견하게 된다. 창밖의 풍경이 그 날의 심정을 반영했던 것인지, 우리나라 곳곳의 상황을 떠올리게 했던 것인지 좀 더 명확해지며 노래를 마무리 짓는 고민으로 넘어가게 된다. 일행 모두 눈을 붙이는 장면으로 끝낼지, 좌석의 덧창을 활짝 여는 장면으로 끝낼지 같은 것들 말이다.

한창 적을 때에는 어떤 부분이 발표할 만한 노래로까지 이어질지 모른다. 시간이 흐르며 어떤 메모는 계속 메모로 남아 있고, 어떤 메모는 자꾸 눈길을 끌며 노래가 될 만하다고 자신의 존재감을 알려 온다.

노래는 아이디어에서 나오기도 하지만 문장 자체에서 나오는 경우가 많다. 우리가 아는 많은 곡들은 꼭 기발한 내용을 담고 있기보다 비슷한 내용을 자신의 언어로 표현

한 것들이다.

평소에 미묘한 감정과 심상들을 음미하고 적어 버릇하지 않으면 생생한 언어가 아닌 굵직한 개념들만 마음에 남는다. 어떤 하루는 영원한 노래로 남기도 하지만, 며칠, 몇 시에 누구와 무슨 목적으로 어디에 갔다는 정보와 간단한 소회로만 남기도 한다. 가사를 쓰는 나도 정서가 무미건조해진 많은 날들은 빈약한 정보밖에 쓰지 못한다. 하지만 노트에 이것저것 끼적이다 보면 시동이 걸리며 다시 섬세한 것들을 적을 수 있게 된다.

노래로 쓴다는 생각을 버릴수록 더 의외의 것을 얻기도 한다. 간혹 워크숍 같은 곳에서 우선 메모부터 해보라고 하면 존재하지 않는 노래를 위해 글자 수를 세어 가며 쓰는 사람들이 있다. 다들 작사와 작곡을 모른다지만 박자와 멜로디 등 노래의 구성 요소를 이미 의식하는 것이다.

세부적인 조정은 나중에 하더라도 우리에게 다가온 것들을 우선 싱싱하게 적어 두는 것이 중요하다. 휘갈긴 메모 안에 노래의 리듬이 있을 거라고 가정하고 시인지, 메모인지, 혼잣말인지 모를 것들을 적어 두는 게 중요하다. 이렇게 쓰는 데 익숙해지면 마음에서 나온 것 외의 억지스러운 것은 일부러 쓰려고 해도 못하게 된다.

누군가 나를 방에 억지로 앉혀 놓고 〈KTX를 타고 오는 동안 느낀 것으로 노래를 쓰시오〉라고 한다면(그리고 개인적으로 별로 느낀 게 없다면) 나 역시 확신이 안 드는 뭔가를 찜찜하게 지어내기 시작할 것이다. 자연스레 다가온 것들에는 나름의 확신이란 게 있지만 지어낸 것에서 확신을 찾으려면 오랜 시간이 걸린다.

자연스레 다가온 장면이 메모할 가치와 확신을 느끼게 한다면, 그 장면이 반복적으로 떠오를 때는 내게 한층 중요한 주제일지 모른다는 생각을 하게 한다.

예를 들어 내게는, 집 계단을 올라와 현관문을 열기 전에 항상 잠깐씩 어떤 상상을 하는 버릇이 있다. 내가 아주 먼 훗날 지금 이 문을 열던 순간을 회상하고 있는 상상. 이 상상의 정체가 뭔지는 모르겠지만, 나라는 개인에게 반복적으로 다가오는 만큼 언젠가 내 작품의 한구석이 될 가능성이 높다.

실제로 「지금 이 순간」이라는 곡의 한 소절에 이 장면을 사용해 보았는데 여전히 그 느낌의 정체가 뭔지는 모르겠다.

가끔씩 계단을 올라 / 문을 열다가 문득
이건 예전 집 앞에서도 보았던 / 비슷한 풍경인데

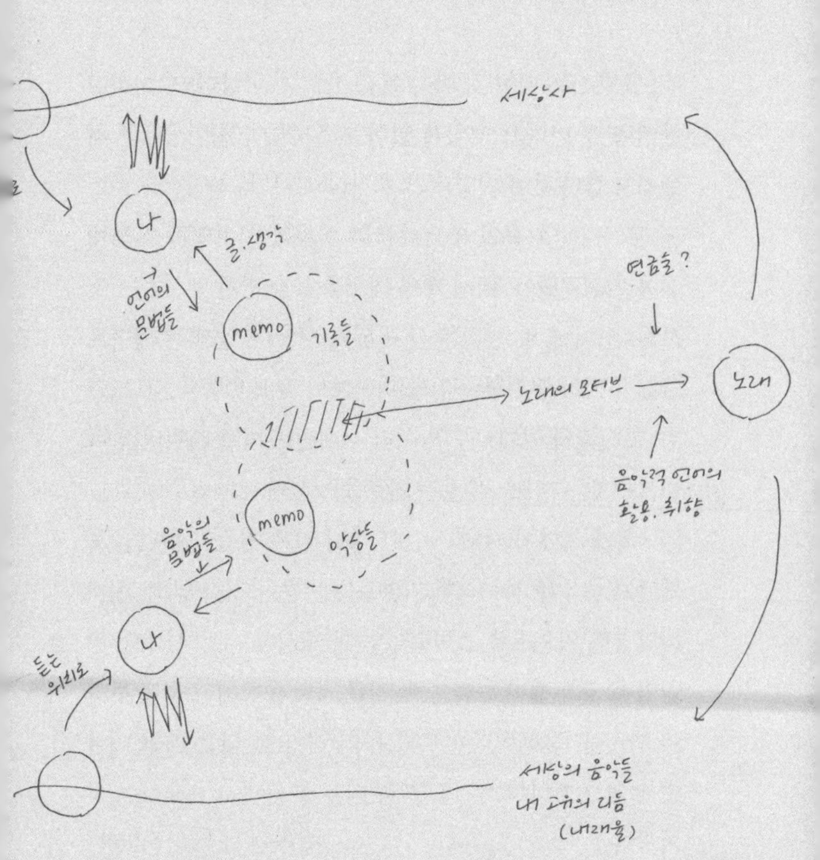

○
어느 워크숍을 위해 그린 상상도. 노래가 만들어지는 과정에 대한 생각은 음악을 하면서도 계속 변한다.

노래라는 것이 꼭 아는 것을 쓰는 게 아니라 〈의미심장한 장면을 떠다가 액자에 담아 놓는 것〉이라는 생각을 해 보기도 한다.

요즘 작업 중인 앨범에서는 반복적인 경험이 뒤늦게 실마리를 주었다. 10여 개의 데모를 묶을 만한 연결점이 떠오른 건 어느 날 신촌을 걷고 있을 때였다. 오래된 나이트클럽이 사라진 횅한 공간을 마주보며 걷고 있는데, 내 모습과 그 순간의 공기로부터 우리 시대를 묘사할 캐릭터 하나를 창조할 수 있을 것 같은 기분을 느꼈다.

내가 그렇게 시내를 걸어 다닌 것은 처음이 아니었다. 게다가 대부분 창조적인 기분보다는 창작이 잘 안 되는 지리멸렬한 기분으로 돌아다녔었다. 그러나 그날 시내의 무언가가 내가 매번 느끼는 이 기분 자체가 주제가 될 만하다는 확신을 준 셈이다. 그다음부터 내가 한 일은 매번 다니던 길에서 지나치던 것들을 좀 더 관심을 갖고 메모하는 것이었다.

이런 것을 보면, 발상은 하얀 스케치북 앞에서 〈선생님, 뭘 그릴까요?〉 하는 것과는 조금 다르다는 것을 알 수 있다. 자신에게 의미심장하게 다가오는 것들을 적는 버릇이 있다면 백지를 펴놓고 뭔가를 떠올려야 하는 경우는 사실 별로 없다(의뢰받았을 때를 빼면). 오히려 좀 더 발전시킬 메모를 고르거나, 좀 더 이어질 부분을 쓰거나, 같은 내용을 다른 구성으로 바꿔 써보거나 하는 작업이 대부분이다.

즉, 발상이 있고 메모가 있는 것이 아니라 메모 자체가 발상인 셈이다.

메모에서 노래로

노래를 쓰려고 자리에 앉으면 보통 메모한 것과 음악 노트, 연필, 지우개, 어쿠스틱 기타를 준비한다. 간혹 피아노 앞에서 작업할 때도 있지만 기타 쪽이 월등히 많다. 음악 노트는 뭔가 노래 형태가 떠오를 때 쓰는데, 꼭 음표를 적지 않더라도 오선 위에 코드와 마디 등을 표시하면 곡의 구조가 잘 들어온다.

가장 중요한 것은 가사의 초고다. 수첩에 있던 메모를 워드로 깔끔히 타이핑해 출력한 다음 그 위에 수정한다. 곡 먼저 쓰는 사람은 멜로디를 흥얼대며 가사를 고민하겠지만 나는 가사가 될 초고를 놓고 음악을 상상하는 편이다. 이 초고라는 것은 곧바로 준비하기가 힘들기 때문에 요리 프로그램에서처럼 〈미리 준비해 둔〉 재료라 할 수 있다.

나는 직업상 메모를 많이 하고 효율적인 메모에도 관심이 많은 편이다. 매일 메모만 하고 뭐 하나 끝까지 완성해 본 적이 없던 습작기에는 내게 어떤 기록들이 있었는지 찾지 못하는 것도 지지부진함의 한 원인이었다.

틈틈이 꺼내 뒤적여 보거나 한눈에 조망하려면 일단 메모가 어디에 있는지는 알아야 한다. 〈효율적인 메모〉의 노하우는 음악 서적보다 자기 계발서에 많기 때문에 그쪽을 뒤적여 보는 것이 낫다. 그중 가장 기이했던 것은 모든 메모를 계속 똑같은 규격 노트에 써나가고 한 권을 다 쓸 때마다 엑셀 파일로 색인(예를 들어 〈3권, 13페이지, 「흑백사진」 초고〉 이런 식)을 만드는 것이었다. 그렇게 하면 키워드로 해당 메모를 찾을 수가 있었다. 배보다 배꼽이 큰 느낌이라 지금은 그렇게까지 하지 않지만 진정 〈작업〉을 중요히 여긴다면 해볼 만한 작업이라고 생각한다.

나는 독특한 작업 과정을 보여 주는 책이나 영상도 즐겨 보는데 실제 활용하지 않더라도 좋은 자극이 된다. 음악 분야가 아니더라도 어느 공방의 도구들, 소설가의 노트, 건축가의 도면 같은 것들은 언제나 매력적이다. 다들 저렇게 열심이구나 하는 위안을 준다.

요즘은 줄이 없는 평범한 수첩과 워드 프로세서 두 가지를 주로 쓴다. 수첩은 휴대용으로, 삶 속에서 가사를 쓰고 있다는 기분을 유지하게 해주고, 워드는 좀 더 많은 양으로 왕성하게 써내려가고 싶을 때 쓴다. 다 쓰고 제목에 날짜와 키워드를 붙여 폴더 한 곳에 저장해 두면 금방 찾을 수 있다. 요즘은 휴대폰 메모나 각종 노트 앱도 많이들 쓰던데 나는 그런 곳에 했던 메모는 잘 안 열어 보게 되어 쓰지 않는 편이다. 손으로 쓴 문장 정도의 속도감이 내 노래에 맞는 것 같다.

멜로디는 선택한 메모에서 뭔가 흥얼거려지는 게 있으면 곧바로 붙일 때도 있고, 평소 녹음해 두었던 멜로디에서 어울리겠다 싶은 것을 가져다 붙여 볼 때도 있다. 이런 연결 작업이 노래 만들기의 시작인데, 기타를 안고 이야기와 멜로디라는 두 장의 천을 끙끙대며 꿰매는 느낌이다. 일단 어느 귀퉁이가 괜찮게 어울리면 나머지를 마저 꿰매기 시작한다.

쉽게 설명하기 위해 멜로디라고 했지만 음악에는 멜로디만 있는 게 아니다. 특정 스타일의 리듬이나 화음 등도 이 단계에서 같이 상상한다. 하지만 적는 것은 주로 하루 뒤에 보아도 다시 연주할 수 있을 만한 가사와 코드 정도이다. 잠시 연습해 휴대폰 등으로 간단히 녹음해 둘 수도 있지만, 개인적으로 악보 쓰는 것을 좋아해 간단히 음표로 멜로디를 적어 두기도 한다.

노래를 만들던 초기에는 녹음기를 훨씬 많이 사용했

다. 하지만 이런 경우 녹음할 때마다 느낌이 다르기 때문에, 나중에 하드 디스크에 엇비슷한 스케치들이 잔뜩 쌓이게 된다. 차츰 여러 곡을 쓰고, 연주자들과 악보를 주고받으며 기본적인 것들만 잘 적어 두면 뉘앙스는 시간을 두고 다듬어 가는 것도 좋다는 것을 알게 되었다. 요즘은 보통 연주자들이 새로운 곡을 파악할 때 필요로 하는 것, 즉 코드 진행이나 대략의 멜로디, 리듬 스타일(8분의 6박자 왈츠인지 스윙인지 등등)만 적어 두고 뉘앙스는 가볍게 편곡이 가미된 데모 음원으로 전달하는 편이다.

비(非)음악인이 보기에 노래를 붙이는 과정이야말로 가장 마술처럼 보이는 과정일지 모른다. 하지만 작곡은 완전 무(無)에서 시작한다기보다 각자에게 축적된 음악의 창고에서 어울리는 것을 떠올리고 다듬어 가는 경우가 많다.

또 사람에게는 꼭 악기를 배우거나 음악적 훈련이 없어도 짧은 노래 한 곡 정도는 만들 능력이 있다. 어린아이들을 보면 놀면서 즉흥적으로 노래를 지어 부르곤 하는데, 거기에는 작곡가가 하는 작업의 기본 형태가 다 들어 있다. 한 번 더 반복하거나 멜로디에 변화를 주는 것, 박자가 남으면 〈예!〉 하며 끝나는 것 등등. 또 아이들은 〈왠지 어디에 이미 있는 멜로디 같다〉는 식의 생각을 지레 하지 않아 더

정신없이 흘러간다　　Dm　Gm - F

이 밤에서 저 밤으로　　Em　A　Dm

모르는 채 (척) 흘러간다

밤에 젖은 ~~밤을~~ 　○ 속은

날은 ~~[illegible]~~
　오히려 깊어지는

나는 오늘도 (오랫 ~~[illegible]~~ 하게

나를 한 빛을 밝히는

커튼 쳐진 방 안에

D6/A　F#m　Em　A7

A – A-D6

B

오랜만에 만나니 좋던데?

말도 안 되는 얘기하면서.
(의미없는)

오늘 보자고 한 건 다름 아니라

그런 것도 없으리

160317.

　　모르
언제 또 볼지 모르잖아

그건 또 모르지 ~~[illegible]~~
　　또 없을리

[illegible]

160321

V2.　오랜만에 만나니 좋더군

아무 의미 없는 말도 하면서
(바보같은 얘기 이야기 했었어)

오늘 보잔 건 다름 아니라

그런 말도 전혀 없으리

마치 오늘이 다를 리 없고
(시간도 다를 일 없고)

~~결혼식장에서~~

밖으로 나와 좀 걷다보니
금방 그런 생각이 드네
[illegible] 이웃들이
가슴 한 켠에 [illegible]
한동안 바빠 [illegible] 함께 살다보니
금방 그렇게 시간이 갔나
[illegible] 세상의 사람들과은
섭섭해 [illegible]

C Dm G Gm

아, 인생의 [illegible] 이며
하지만 오늘은 웬지
약해질 수 없을 것 같아

뭘 좀 먹을까 하다보니
금방 그렇게 시간이 가네
(그러다 시간이 그렇게)
[illegible]

아, 인생의 선택들이여

뭘 좀 [illegible] 하다보니
금방 [illegible] 시간만 가네
[illegible]

〈다들 [illegible]〉

한동안 바쁘게 살다보니
[illegible]
[illegible]
귀찮게 하는 건지

아, 인생의 선택들이여
하지만 오늘은 웬지
그냥 갈 수 없을 것 같아

○ 앨범에 쓰이지 않은 한 곡의 스케치. 보통 이렇게 가사를 수정하고 부르며 옆에 기타 코드를 적는다.

○ 3집 수록곡 「만남」의 스케치. 기억하기 위해 멜로디 일부를 함께 적었다.

○ 3집 수록곡 「걷다 보니」의 스케치.

자유분방하다.

음악이 직업인 이들이 갖고 있는 솜씨라고 할 만한 게 있다면, 여러 스타일의 음악이 어떻게 구성되는지에 대한 지식이 더 있다는 것이다. 멜로디와 가사가 잘 붙었는지를 알아보는 감, 잘 안 어울릴 때 취할 수 있는 해결 방법 등도 경험을 통해 더 쌓아 간다.

반면, 연주 실력이나 절대 음감 등은 노래를 쓰는 데 필수적이지 않다. 클래식과 대중음악의 작업을 비교해 보면, 대중음악은 클래식 음악가가 연마하던 많은 부분을 협업으로 해결해 왔다는 점을 알 수 있다. 음감이 좋지 않으면 귀가 좋은 동료에게 들어봐 달라고 하고, 미묘한 화음이 악기로 잘 재현되지 않으면 어려운 화음을 아는 사람에게 물어보기도 한다. 〈그래! 바로 그 화음이야!〉 하고 이름을 받아 적는 것이다.

가사든 멜로디든 이미 시작된 곡은 생물체처럼 더듬더듬 자신의 방향을 찾아 나간다. 때로는 멜로디가 앞서 가며 가사가 추가되기를 기다릴 때도 있고, 가사가 앞서 가며 어울릴 멜로디를 기다릴 때도 있다. 이 과정에서 무엇을 선택하느냐는 작곡가마다 다르다. 나처럼 이야기의 흐름을 중시하는 작곡가는 가사에게 우선권을 주는 경우가 많다. 즉,

가사와 멜로디가 모두 비슷한 분량으로 진행 중인데 몇 마디 더 써야 할 때, 나는 가사에게 우선권을 주어 온 편이다.

양이 모자란 가사를 쓰는 건 가장 힘들고 오래 걸리는 일 중 하나다. 처음 메모를 할 때 아무리 많이 써둔다 해도 어떤 노래가 될지 모를 가사를 완벽히 써둔다는 것은 불가능하다. 어색한 세 글자를 해결하지 못해 한 소절을 무한정 되뇌기도 하고, 모든 노래가 그냥 좀 1절로 끝나면 안 되나 안일한 생각을 해보기도 한다.

보통은 이미 써둔 부분이 어디를 향하고 있는지 감을 찾기 위해 여러 번 읽어 보고 불러 본다. 그러다 보면 다음 소절에 뭔가 더 있을 것 같은 느낌이 들며 서서히 적절한 소절이 떠오른다. 이것도 잘 안 되면 초고를 워드에 다시 빠르게 타이핑해 본다. 글이라는 것은 쓸 때마다 다르기 때문에 새로운 속도감의 영향을 받아 이미 썼던 것보다 더 많은 분량을 쏟아 내기도 한다. 또 같은 내용이라도 새로운 단어들로 구성된 문장이기 때문에 새로운 시각을 주기도 한다.

항상 염두에 두는 것은 글을 쓴다기보다 말을 하듯 하는 것이다. 메모가 글이 아니라 누군가에게 건네는 말이라면 우리는 비록 머뭇거릴지라도 몇 마디 정도는 충분히 이어갈 수 있다. 게다가 말하는 것은 노래 만드는 것보다 평상시에도 더 많이 하는 일이라 이야기를 이어가야 할 때 좋은 기준이 된다.

가령, 노랫말을 너무 글처럼 생각하면 기승전결을 맞춰야 할 것 같은 작위적인 상황에 빠진다. 대신 말하듯이 생각해 보면 〈음〉, 〈그렇단 말이지〉, 〈글쎄〉 같은 문구가 막혔던 부분을 절묘하게 해소해 주기도 한다.

그래서인지 한참 노래를 쓸 때는 공간을 울리는 우렁찬 피아노 소리 같은 것은 없다. 열심히 초고를 출력하고 있으면 아내가 다가와 당신은 프린터로 곡을 쓰느냐며 놀린다.

〈응, 기타 줄 갈기 전에 A4용지부터 사와야겠어〉라고 말하며 출력물을 들여다본다.

2

공연의 계절

INTRO Bass
D G#dim A G F#m7 Em D
D G#dim A G F#m7 Em D
A
D G#dim A G F#m7 Em D
D G#dim A G F#m7 Em D
B
C#7 F#m7 Em D
C#7 F#m7 Em A
A
D G#dim A G F#m7 Em D
D G#dim A G F#m7 Em D
D G A G D G A G
Solo
B - A

123 작은 콘서트

5월 중순, 싱어송라이터 복태가 직접 공연을 기획 중이라며 전화했다. 망원동 〈어쩌다 가게〉 지하 공간을 빌릴 예정인데 음악가 한받 씨(정확히 말하면 한받 씨의 프로젝트 중 하나인 〈아마츄어 증폭기〉)도 섭외 중이라고 했다. 곧 셋째를 출산할 예정이니 한동안 공연을 쉬기 전에 마지막으로 기획한 공연이라고. 콘셉트는 음악가도 관객도 아이들을 편히 데려올 수 있는 공연.

내가 무심코 〈아이가 각각 하나, 둘, 셋이네요〉라고 말했더니, 얼마 후 그게 공연 제목이 되었다. 문자 메시지로 숫자 1, 2, 3이 귀엽게 배치된 홍보물 시안이 도착했다.

우리는 6월 초까지 두 차례 만나 구성을 정하거나 연습하기로 했고, 각자 아이들에 대한 곡, 부모의 입장에서 쓴 곡을 1곡씩 준비하면 다른 두 팀이 연주를 돕기로 했다.

〈복태와 한군〉(부부 듀오다)에게는 이미 「아이를 바라보았다」라는 훌륭한 레퍼토리가 있었다. 고된 육아의 한가운데에서 잠시 따뜻한 시선을 되찾은 부모의 마음이 담긴 노래였다. 뒤에 〈우우우우〉 하는 코러스가 있었는데 한받 씨와 내가 이웃 아빠 목소리로 해보기로 했다.

한받 씨는 딱히 맞는 곡이 없어 난감한 것 같았다. 좋은 아빠인 것과 아이를 위해 만든 곡이 있는지는 별개의 문제인데, 나도 이럴 때면 난감하다. 복태가 「사계절 스픈사」라는 아마추어 증폭기의 기존 곡은 어떠냐고 제안했다. 혼수 상태의 아들과 그 곁을 지키는 어머니가 등장하니 가족 이야기 아니겠냐는 것이었는데, 한받 씨도 좋다고 했다. 원곡의 생명 유지 장치 소리를 나와 한군이 기타로 맡고, 복태는 〈내 아들아!〉로 시작하는 어머니 파트를 맡기로 했다.

이제 내가 문제였다. 한 곡이 떠오르긴 했는데 현실성이 있나 싶었다.

> 우리 은효 발은 너무 예뻐서 / 양말이 쏙쏙 들어가지요 / 엄지발가락을 먼저 넣고서 / 다른 발가락도 넣을 거예요 (끝)

은효가 더 어렸을 때 양말을 너무 오래 신어 만든 노래였는데, 공개적으로 들려주려니 민망해 그냥 녹음으로 보

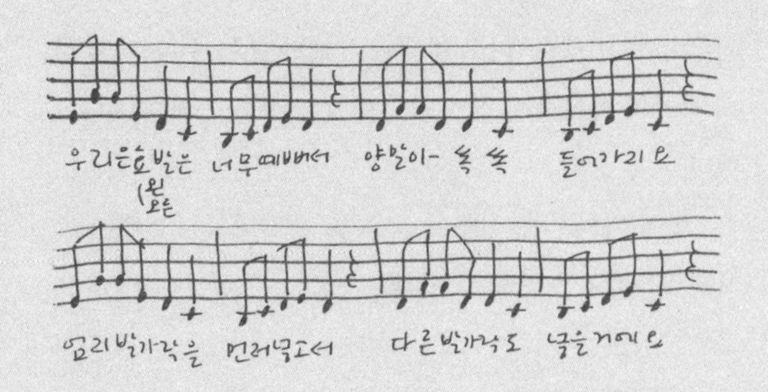

160430 은효 양말 신기느라
만든 노래

○
육아일기에 간직된 양말 노래 초고.

내 주겠다고 했다. 너무 짧아서 문제라고 하자 다른 두 팀도 각자의 아이들 얘기로 개사를 해 길이를 늘려 보겠다고 했다.

집에 와서 아내에게 이 곡을 할 것 같다고 얘기하니 즉석에서 B파트를 만들어 주었다.

> 이 양말을 신고서 / 어린이집에 간다네 / 놀이터도 간다네 / 어디든지 간다네……

역시 직업이 아니면 이렇게 거침이 없는 것인가.

공연은 조금 어수선하긴 했지만 즐거운 분위기였다. 아이를 데려온 관객들이 도중에 들락거릴 것을 생각해 객석을 느슨하게 배치했고 뒷문은 열어 두었다. 아이들에게 나눠 줄 간식도 준비했다.

아이가 하나인 나부터 시작해, 한받 씨가 두 번째를 맡았다. 뱃속의 아이까지 셋인 복태와 한군이 마지막 공연을 한 뒤에는 다 함께 등장해 협업한 곡들을 불렀다. 각자 등장하기 전에는 자녀들이 노래하는 장면이 담긴 슬라이드가 상영됐다.

이날의 공연은 절반의 성공이 아니었나 싶다. 공연자들은 평소보다 조금 정신이 없던 게 사실이었기 때문이다.

아이가 있는 공연자들은 저런 상황이구나, 보여 주는 공연에 가깝지 않았을까. 그러나 아이들이 와도 된다는 안내만으로도 공연을 보는 부모들은 조금 편했으리라 생각한다. 나도 내 공연 후에는 뒤쪽에서 놀고 있는 은효와 아내 곁으로 가 오랜만에 아마추어 증폭기와 복태와 한군의 노래들을 즐겼다.

언젠가 아내에게 일명 〈독박 육아〉를 하고 있는 사람들을 위한 공연을 상상해 보았다고 얘기했다. 아무래도 낮시간에 해야 할 테고, 시끌벅적한 것이 콘셉트라는 것을 안내해야 할 테고, 공연은 너무 집중해서 오래 하는 것보다는 짧게 몇 차례 쉬어 가며 하거나 배경 음악처럼 준비하는 것이 좋을 것이다. 아이들의 관심을 끌 과자에다…….

아내는 독박 육아하는 사람이 정말 원하는 것은 그런 게 아니라 아이를 맡기고 핫한 콘서트에 가는 것이라고 했다. 역시 그런 것인가.

공연 전 원주에서 음악 수업을 마치고 오느라 고단했던 한받 씨 가족은 먼저 가고, 복태, 한군 부부와 뱃속의 셋째와 중국요리를 먹었다. 은효는 나갈 때 아저씨가 요구르트나 사탕을 주실지 기대하며 단무지를 먹고 있었다. 2년 전, 지음이와 이음이까지 넷이 살고 있는 집에 세 식구가 처음 놀러 갔던 기억이 났다. 우리는 점심으로 맛있는 파스타를 대접받았고, 아이들이 와서 안길 때마다 어디까지 얘기했었는지 깜빡깜빡 잊어 가며, 작업 이야기들을 나누었었다.

나는 프로듀서와 함께 작업하는 방식에 대해 들려주었고, 복태와 한군은 아이 둘을 키우며 음악하는 게 어떤 식으로 어려운지에 대해 들려주었다. 한마디로 듀오가 합주를 할 수가 없다고 했다. 누구 한 사람은 아이를 봐야 하니 교대로 연습을 할 수는 있어도 동시에 맞춰 보는 건 힘들다고 했다. 새로운 레퍼토리를 준비하는 것은 더더욱 어렵고.

그런 상황에서도 아이들과 유쾌하게 지내며 꾸준히 음악의 끈을 놓지 않은 부부가 존경스러웠다. 엄마, 아빠가 공연할 때 맏이인 지음이는 무대 위에 의자를 하나 두고 앉아 있기도 했다는데 나로서는 엄두도 내본 적이 없는 일이었다.

아무래도 작업을 진행해 줄 프로듀서가 필요할 것 같다는 우리의 대화는, 지방에 며칠 틀어박혀 녹음하는 게 좋겠다는 이야기로 흘렀고, 언젠가 아이를 잘 보는 매니저를 한 명 구해야겠다는 농담으로 이어졌다(그때쯤이면 아이들은 이미 컸을 테지만). 그리고 복태와 한군은 내가 프로듀서 역할을 맡아 주어도 좋겠다고 했다.

프로듀서 일이라고는 어깨 너머로 본 것이 전부인 데다 나 역시 생활과 작업 사이에서 허덕이는 처지라 그게 가능할지 싶어, 프로듀서는 아니라도 뭔가 도와 보겠다고 했다. 이미 앨범 작업으로 온 집안에 스트레스를 풍기고 있으면서 한 가지 제안을 더 받고 있는 나를 아내가 지그시 바라보았다. 작전을 잘 짜서 최소한의 녹음 날짜를 잡은 다음, 부모님 댁에 아이들을 맡기고 단기간에 끝낸다는 계획에 부부는 고개를 끄덕였다.

그러나 2년이 지난 오늘, 우린 중국집에서 같은 이야기를 다시 나누고 있었다. 이렇게 일상을 유지하며 녹음하는 건 도저히 불가능하니 조만간 작전을 잘 짜서 일정을 꼭 잡아 보자고 다짐했다. 그리고 좀 더 비장하게 고개를 끄덕였다.

(2년이 또 지난 지금 셋째 보음이는 건강히 잘 자라고 있고, 그사이 부부는 일상을 유지하며 녹음을 해나가기로 방향을 바꾸었다. 그간 녹음한 곡들 중 첫 번째 싱글이 곧 발표된다는 소식을 들었다. 첫 곡은 우리가 같이했던 곡, 「아이를 바라보았다」였다.)

공연 당일의 긴장

조금 큰 공연이 있는 날의 아침이다. 1시간 반짜리 콘서트인데, 평소 30분 길이의 공연에 익숙해져 있어선지 무척 길게 느껴진다. 사실 길이보다는 온전히 나만의 공연으로 채워야 한다는 심적 부담감이 크다. 도착한 포스터 이미지는 생각보다 화려하고, 기획자는 보도 자료를 이곳저곳에 많이 뿌렸다며 자랑스레 알려 온다. 그러나 그분도 알까? 공연자의 마음 한구석은 〈차라리 조용히, 했는지도 모르게 하고 싶은〉 퇴행적인 마음과 싸우고 있다는 것을.

이런 날은 준비 시간도 길어 공연이 8시라면 4시 정도에는 도착해야 한다. 거리가 좀 있어 2시간 전으로 출발 시간을 잡고, 마음의 준비는 훨씬 전인 아침부터 시작한다. 온갖 생각이 떠오른다. 가령, 간밤에는 우연히 공연자의 체형 교정에 대한 글을 읽었다. 공감이 가는 애기였다. 내가 노래할 때 불필요하게 고개를 든다는 것을 알았고, 무엇이 문제인지도 알았다. 고개가 후두를 압박하고 몸의 긴장을 자아낸다는 것이다. 하지만 하루 전이었다. 후두가 눌리더라도 일단은 하던 대로 해야 했다.

별 문제 없던 기타 튜너(조율 장치)도 불안정하다. 아예 고장 난 건 아닌데, 반응이 없는 경우가 있다. 건전지를 갈아 보아도 똑같다. 공연 중 스마트폰을 꺼내어 조율용 앱을 쓰긴 힘들 것이다. 별수 없이 하나 구입하기로 한다. 공연장까지 가는 동선에서 가까운 악기점을 찾고, 그 바람에 출발 시간은 더욱 앞당겨진다.

커피를 한잔 했으면 좋겠지만, 평소 별 생각 없이 커피를 들이키다가 저녁 무렵 목이 말랐던 기억이 난다. 오전 11시 정도까지는 몸에서 저절로 코르티솔이라는 각성 물질이 생성된다는데, 그 이후에 한잔 마시기로 한다. 식단도 뭔가 맵고 짠 것보다 촉촉한 것을 먹기로 하는데, 그런 게 뭔지는 모르겠다.

여느 때 같으면 저녁이 공연이면 오전에는 다른 일을 처리하며 시간을 보내기도 한다. 하지만 이런 날은 괜히 다른 일을 했다가 그 여파가 저녁까지 미칠까 봐 자제하게 된다. 같이 연주하는 베이시스트가 종종 하는 말이 맞다. 〈공연이 있는 날은 어쨌든 하루를 통으로 쓰게 된다.〉 소위 〈하루에 몇 탕을 뛴다〉는 것은 체력보다 정신력의 문제일지 모른다. 몇 번의 정신 전환이 가능해야 하는 것이다.

그러나 이러한 미묘한 긴장감 반대편에는 애써 무시하려는 마음도 있다. 최대한 평소처럼 하자는 마음. 많은 것들을 무시한다. 〈뭐 좀 다른 것을 입어야 하는 거 아냐?〉, 〈악기가 더 필요한 거 아냐?〉 이번 공연이 평소와 다르고 너는 더 긴장해야 한다는 암시를 주는 모든 사항을 애써 외면한다. 무대만 큰 곳으로 옮긴 것처럼 태연히 걸어 나가는 것이다. 초 단위의 타이밍을 재지 말고, 쉬엄쉬엄 하기로 하자. 거장들도 그렇지 않은가. 여유로울수록 특별해 보이고 수수한 옷마저 특별해 보이지 않는가. 하지만 다시 자신이 없어진다. 나는 거장은 아니잖나. 어쩌면 분위기 파악을 못 하는 것으로 보일 수도 있다.

그래도 평소처럼 하기로 한다. 나는 이 곡들을 수도 없이 연주해 왔고, 오늘도 노래와 연주는 저절로 진행될 것이다. 하지만 평소에 없던 이상한 긴장이라도 느낀다고 치자. 노랫말들이 활자가 찍힌 영상처럼 변해 머릿속을 흘러갈 것이다. 외우고 있는 가사인데도 나는 자꾸 그 영상의 글씨들을 읽는다. 그리고 그 영상의 어느 한 부분이 흐릿하게 지워져 있다. 1절이 지나고 노래는 그 흐릿한 곳을 향해 다가간다. 내 입은 반자동적으로 평소의 가사를 부르게 될까, 아니면 당황한 나머지 멈춰 버리고 말까. 이런 생각마저 하지 않도록 애써 외면한다.

내가 해야 하는 것은 오직 악기 교재 첫 장에 나오는 상태를 유지하는 것이다. 계란이나 탁구공을 가볍게만 쥔 상태. 정수리가 천정에 매달린 듯 느슨하면서도, 쓰러지지 않을 만큼의 힘은 유지한 상태. 그렇게 내가 오늘 오후 전철 손잡이에 느슨히 매달려 공연장까지 가길 바랄 뿐이다. 나는 다른 누군가의 공연을 보러 가듯 공연장에 들어갈 것이고, 리허설은 오늘 공연이 〈생각보다 괜찮을 것 같은〉 느낌을 줄만큼 순조로울 것이다.

연주자들과 저녁을 먹다 오늘이 내 공연인지 뭔지조차 잊을 것이고, 양치할 수 있게 칫솔이나 잘 챙겨 갈 것이다. 그리고 무대 담당자가 부르러 오면 〈그래, 한번 가볼까?〉 하는 마음으로 걸어 나갈 것이다. 어둠 속에 앉아 있는 사람들은 삐딱하게 심사하러 온 사람들이 아니라 즐거운 마음으로, 또 한편으로는 각자 자신의 색다른 저녁을 위해 왔을 것이다. 꼭 내가 아니어도 미리 알아 둔 맛집이나 모처럼 함께한 동행이 색다르고 즐거운 저녁 시간을 나누어 맡을 것이다.

무대 위의 나는 괜히 뒤의 연주자들을 흘끗 넘겨다보며 여유를 부릴 것이고, 몇 곡이 무사히 지나간 뒤 공연의 형세는 내게 기울었다고 느낄 것이다. 그래, 그럴 때일수록 너무 앞서가지 말고 담백하게 하자, 그런 너무 앞서간 생각까지 하면서.

자정 무렵, 악기를 챙겨 집으로 올 때면 내 공연에 대한 스스로의 평은 언제나 그렇듯 하나일 것이다. 〈무사히, 큰 사고 없이 했다.〉 그리고 긴장이 묻어 있는 코드 악보와 큐시트, 셋리스트 등을 책상 위에 던져 놓을 것이다.

공연 전 긴장을 푸는 다양한 모습들(그리고 부작용들)

- 어딘가 조용한 곳에 혼자 가 있는다(스태프들이 찾느라 긴장한다)
- 공연장 근처를 산책한다(역시 스태프들이 긴장).
- 대기실 전체에 미리 긴장을 한껏 드러낸다 (다른 공연자들이 긴장하기 시작한다).
- 객석에 가서 앞 팀 공연을 본다(그냥 계속 관람하고 싶어진다).
- 수다를 떤다(목이 쉬거나 무대에서 더 이상 할 말이 없어진다).
- 독한 술을 작은 잔으로 마신다(습관이 된다).
- 화장실에 들락거린다(관객과 미리 인사를 나누게 된다).
- 오늘은 나를 위해서 연주하자고 마음먹는다(생각만큼 잘 안 된다).

섭외의 기술

보통은 전화로 섭외 연락이 온다. 오후에 낮잠을 자려고 누웠을 때나 손에 짐을 잔뜩 들고 어딘가로 가고 있을 때, 메모를 하기 곤란할 때에 연락이 온다.

섭외자는 공연을 요즘도 하는지 확인한 다음 기획의 취지를 길게 설명한다. 취지는 여러 가지이지만 공통적으로 〈좋은 취지〉이다. 뒤이어 생각보다 얼마 안 남은 데다 조정도 불가능한 공연 날짜, 성사되길 목 놓아 기다리고 있다는 지인들 이야기가 이어진다. 그리고 조금 머쓱해질 즈음 비로소 〈어떻게 말씀드리면 좋을지 모르겠는 부분〉을 이야기한다.

공연료에 대해 대놓고 얘기하는 걸 민망하게 생각하던 때도 있었지만 요즘은 양쪽 모두 편하게 얘기하는 추세다. 섭외자는 마련할 수 있는 예산을 얘기하고, 공연자는 알겠다고 검토해 보겠다고 한다. 그래도 돈 이야기는 여전히 조심스러운데, 대놓고 급하게 얘기하면 서로 기분이 상하거나 오해가 생길 수 있기 때문이다.

공연자에게 전화해 대뜸 얼마냐고 묻는 섭외자는 거의 없다. 그 대담함을 높이 사 공연을 수락하는 경우도 있을 수 있겠지만 그러지 않는 게 좋다고 생각한다. 그건 공연자도 마찬가지다. 덜렁 섭외비만 물어본다거나 액수만 듣고 끊어 버린다면 거래의 예의가 아닐 것이다. 또 공연에는 개런티 외에도 이것저것 살펴야 할 것이 많다.

공연자 입장에서는 상대가 팬심 가득한 학생들인지 돈이 꽤 있는 사람인지 금방 알 수가 없다. 누구나 〈좋은 취지인데 돈이 많진 않다〉고 말하기 때문이다. 또 밴드와 같이 가야 할 만한 공연인지, 음향 시설이 부족해 이쪽에서 뭘 더 가져가야 하는 건 아닌지 등 변수도 많다. 입장료를 받는 공연의 경우 그 분배 방식을 놓고 조정하기도 한다.

공연의 성격이나 날짜, 규모, 교통편, 음향 등에 따라 할 만한 공연인지가 정해진다. 섭외자가 공연료를 못 박으면 가부가 바로 결정되지만, 조정의 여지가 있으면 공연자 쪽에서 추가적인 흥정을 통해 결정하기도 한다. 〈조금 더 예산을 높여 밴드로 공연하는 건 어떨까요?〉 같은 제안 말이다.

하지만 나는 이 제안과 조정이 너무 반복되면 좋지 않

다고 생각한다. 시간을 두고 생각해 보되 너무 여러 번 흥정하지는 않는다. 양쪽 모두 너무 돈 때문에 망설이는 기분이 드는 건 좋지 않으니까.

내 경우, 지금은 소속사를 통해 섭외를 받고 있어 위에 열거한 과정을 레이블의 담당자가 하고 있다고 보면 될 것 같다. 하지만 밴드 시절부터 섭외 연락은 오랫동안 직접 받아 왔다. 글의 행간에서 눈치 챈 사람도 있겠지만 나처럼 거절을 잘 못하는 사람에게 이 일은 곤욕이다. 누군가 공연이나 작업 안 할 때 뭘 하느냐고 하면 이렇게 대답해도 과언이 아닐 것이다. 〈섭외 전화 받고 고민합니다.〉 섭외 연락은 안 와도 고민이고 와도 고민이다.

내가 나름 정해 둔 원칙이 있다면, 간단한 것이라도 첫 통화 중에 바로 결정하기보다는 끊고 생각해 본 다음 다시 전화한다는 것. 상의를 거칠 사람이 따로 있지 않는 이상 보통 당일이나 하루 뒤에는 연락을 준다. 경험상 너무 늦게 답을 주면 상대방에게 너무 조건을 재거나 중요하게 생각하지 않는다는 느낌을 줄 수 있다. 반대로 즉석에서 성급하게 답을 주면 그 밖의 조건을 알게 되었을 때 속은 느낌이 들 수 있다(흔쾌히 가겠다고 했는데 생각보다 상업적인 자리라거나 공연하기 꽤 힘든 환경인 경우). 또 수락 직후 요청 사항이 마구 쏟아지기 시작하면(의외로 이런 일이 많은

데, 기획자 입장에서는 일단 일이 결정되면 빨리 추진하고 싶어 하기 때문이다) 너무 쉽게 수락한 것이 못마땅해진다. 쌍방이 일에 체계가 있다는 것을 이해하고, 성의 있게 결정했다는 느낌을 나눠 갖는 것이 좋은 것 같다. 그러는 편이 양쪽 모두 깔끔하다.

소속사가 연락을 받는다고 해서 내게 통보만 해주는 건 아니다. 너무 터무니없는 것은 그쪽에서 거르고, 내 개인 일정이 겹치진 않는지, 할 마음이 있는지 정도는 묻는다. 복잡한 홍정 과정의 대변인 역할을 해주는 것이다. 섭외 연락 등 공연 관련 일로 고민하던 시절 나는 내가 왜 힘든지 분석을 해보고서야 깨달았다. 내가 내 비서 역할까지 하고 있어 힘든 것이었다.

반은 우스갯소리지만 예전에는 매니저가 없어 힘들어 하는 공연자들끼리 그렇게 권유하곤 했다. 인격을 분리해 전화를 받으라고. 김목인이 받아서 이렇게 말하는 것이다. 〈네, 김목인 씨와 상의드리고 연락드리겠습니다.〉 가상이라도 상의해야 할 사람을 두면 확실히 거리 두기가 수월해진다. 밴드라면 밴드 멤버들과 상의해 연락드리겠다고 하면 되는 것이고, 매니저는 공연자와, 공연자는 매니저와 상의하고 연락드리겠다고 하면 되는 것이다.

하지만 섭외자들도 나름의 기술이 있는 듯하다. 되도

록 음악가 본인에게 전화로 연락하는 것이다. 경험상 많은 섭외자들은 본인과 통화하고 싶어 하지 소속사랑 통화하고 싶어 하지 않는다. 아마 거대한 관공서처럼 제안이 직접, 혹은 신속히 전달되지 않을 거라 생각하는 것 같다. 직접 전화하는 게 예의라고 생각하는 사람도 있고, 그렇게 섭외해야 소속사와 수익을 분배하지 않고 음악가에게만 온전히 돌아갈 거라 짐작하는 사람도 있다. 전혀 그렇지 않으니, 일의 순서를 서로 지켜 주는 게 좋지 않나 싶다.

무작정 본인에게 전화해 일정부터 묻는 경우도 있는데, 〈공연자 일정이 안 되면 어차피 소속사에 연락할 일도 없으니, 본인의 일정부터 확인하자〉는 논리인 것 같다. 또 〈7월에서 8월 사이〉처럼 굉장히 넓은 일정을 제시하는 경우도 있다(솔직히, 두 달 간 하루도 시간이 안 난다고 할 공연자는 많지 않으니까). 그러나 일정이 된다 해도 공연을 위해서는 여러 다른 조건이 맞아야 한다.

공연 결정은 음향 장비 대여와 공연장까지의 거리, 연주자 인원, 입장료 여부, 대관인지 섭외자 본인의 영업장(카페처럼)인지 등등 많은 것들을 고려해야 하는 복잡한 업무이다. 그 일이 전문인 섭외 담당자와 통화하는 게 좋다.

공연자 본인과 무리하게 진행할 경우, 소속사가 평소 으레 제공하던 서비스를 못 받는 경우도 있다. 소속사라고 해서 다 까다롭고 어깨에 힘만 주는 것은 아니다. 호의적인 소속사라면 공연 기획이 처음인 섭외자를 배려해 음향 장비 일부를 챙겨 가는 경우도 있고, 공연 진행과 관련한 어려움을 같이 상의하는 경우도 있다.

나는 보통 소속사로 전화를 하는 게 좋은 이유를 이렇게 댄다. 내 섭외를 맡고 있는 직원이 한 사람 있는데, 이건 그 사람의 일이라고. 내가 직접 결정해 통보해 버릇하면 그건 그 사람의 일을 빼앗는 것이라고. 그래도 여전히 적잖은 전화가 직접 걸려 오는데, 이건 마치 초인종을 설치해 놓았는데 아무도 누르지 않고 들어오는 것과 같다. 물론, 이 모든 것도, 섭외가 좀 있을 때 하는 얘기다.

공연 안 할 때는 뭘 하시나요?

공연이 확정되면 당일까지 이것저것 세부 사항들을 정한다. 작은 공연은 보통 기획자가 한꺼번에 정리해 알려 주지만, 큰 공연은 서로 여러 번 연락을 거치며 정하기도 한다. 가장 먼저 정하는 것은 외부에 공개되는 정보들이다.

공연 제목(때에 따라 부제목)
김목인 소극장 콘서트(3집을 기다리며)

라인업(큰 공연은 조금씩 공개하며 기대감을 높인다)
9월 15일 특별 게스트 대공개!

날짜, 시간(입장 시간)
2017년 10월 3일 저녁 7시(30분 전 입장)

장소(약도, 주차)
XX홀(합정역 2번 출구) 주차장 없음

예매, 현매, 프리 드링크(무료음료 한 잔) 여부
예매 20,000원, 현매 25,000원(1 free drink)

예매처와 문의처
XX홀 02)000-0000 xxhall@xx.com

홍보용 이미지
곧 공개!

타임 테이블(보통 큰 공연만 표시한다)

반면 비공개로 느슨하게 정하는 것들도 있는데, 리허설 시간이나 출연 순서, 팀당 공연 길이 등이다. 공연자 쪽에서 미리 준비할 것은 셋리스트이다. 연주할 곡과 순서가 적힌 이 목록으로 기획자는 현장에서 공유할 큐시트를 만든다. 스태프가 조명과 등퇴장까지 섬세히 체크해야 할 필요가 있는 공연은 곡의 음원이나, 곡별 연주 길이, 연주 영상까지 보내기도 한다.

참고로 나는 셋리스트 쓰는 걸 중요하게 여기면서도 몹시 귀찮아하는 이중적인 면을 지니고 있다. 긴장되는 공연을 미리 상상하는 것이 부담스러워 그런 것 같다. 게다가 매번 새로운 곡을 연주하는 것도 아니기 때문에, 일정한 레퍼토리 안에서 새로운 순서를 정하고 있으면 점이라도 치고 있는 기분이 든다. 밴드 시절에는 멤버들과 같이 들여다 보며 정해야 해서 일정한 크기의 나무 블록 하나당 한 곡씩 적어 퍼즐처럼 이리저리 배열해 본다는 아이디어를 내기도 했다(실제로 만들어 보다 그만두었다).

보통 공연 하루 전 정신이 맑을 때 〈첫 곡은 이것이 좋겠다〉 하는 마음으로 셋리스트를 써내려가는 편이다. 클럽 공연은 미리 요구하지 않는 경우도 있어 혼자 적어 간 메모를 주머니에 넣어 두었다가 앞 팀 공연을 보며 고치기도 한다. 앞 팀의 마지막 곡이 남긴 여운에 따라 첫 곡을 바꾼다든지 하는 식이다.

하지만 큰 공연은 그렇게 즉흥적으로 할 수가 없다. 이미 몇 주 전부터 전체 길이나 곡 수를 정해 주며 셋리스트를 짜서 보내 달라고 연락이 온다. 예전 같으면 한 달 뒤 부를 곡을 지금 어떻게 아느냐며 투덜거렸는데, 어느 정도 형식적인 요청이라는 걸 알고부터는 묵묵히 〈가안〉을 보낸다. 방송이 아닌 이상, 당일에 가서 좀 다른 곡을 해도 되겠냐고 했을 때 안 된다고 하는 경우는 거의 없기 때문이다.

공연 전반을 살피는 기획자 입장에서는 일찌감치 큐시트의 빈칸에 곡목이 채워져 있는 쪽이 마음이 놓이니 미리미리 요구하는 걸 거라고 짐작도 해본다. 가끔 열정이 더 넘치는 기획자는 클래식 공연장에서처럼 객석에 나누어

1 개인의 순간
2 가로수길
3 스반홀름
4 리망냥
5 한낮
6 불편
7 ~~[illegible]~~ [illegible]의 방식
8 묘조가라

새로운 곡

스반홀름
~~리망냥~~ ↑ 새로운
~~새로운 곡~~ 리망냥
한낮같은 다정
~~불편한 식탁~~ 말투는
[illegible]의 방식
그게 다 외로워서

개인의 순간
— 리망냥
한낮같은 다정
스반홀름
— 그가 돌아왔으니 나는 [illegible]
꿈의 가로수길
[illegible]의 방식
그게 다 외로워서래

불편한 식탁
묘조

○

30분 길이의 공연을 위해 쓴 셋리스트. 앙코르 곡이나 후보 곡을 구별해 두었다.

김목인 3집 발매 콘서트

시간	순서	곡명	길이	구성	비고
14:00	연주자 도착, 사운드체크				
14:30	리허설				
17:00	리허설 종료				
18:00	티케팅 시작				
18:30	입장 시작			BGM, 전면 풀스크린(공연포스터)	
19:00	1	새로운 언어	3:20	BAND	밴드 입장
	2	콜라보 씨의 외출	2:50	BAND	
				멘트	
	3	한결같은 사람	3:01	BAND + CHORUS	코러스 입장
				멘트	
	4	댄디	3:18	BAND + CHORUS	
				멘트	
	5	인터뷰	3:05	BAND + CHORUS	밴드 퇴장
				멘트	
	6	그가 들판에 나간 건	4:39	DUO	보컬/기타, 콘트라베이스
				멘트	
	7	꿈의 가로수길	3:33	DUO	보컬/기타, 콘트라베이스
				멘트	
	8	뮤즈가 다녀가다	3:23	DUO	보컬/기타, 콘트라베이스
				멘트	
	9	계약서	1:58	BAND	밴드 입장
	10	파시스트 테스트	2:54	BAND + CHORUS	코러스 입장
				멘트	
	11	불편한 식탁	4:25	BAND + CHORUS	
				멘트	
	12	깨어있는 음악	4:04	BAND + CHORUS	
				멘트	
	13	그게 다 외로워서래	3:40	BAND + CHORUS	
				멘트	
	14	걷다 보니	4:30	BAND + CHORUS	
				멘트	
	15	정오의 병실	2:46	BAND	
				전원 퇴장 후 듀오 재입장	
	앵콜 1	만남	3:15	DUO	보컬/기타, 콘트라베이스
				멘트	
	앵콜 2	마트 오디세이	4:46	BAND + CHORUS	
20:40	공연종료			BGM	

○

공연용 큐시트. 비교적 큰 공연은 셋리스트에 이렇게 세부적인 사항을 추가해 큐시트를 만든다.

줄 프로그램 북을 만들기도 하는데, 이런 경우 꼼짝없이 변경 불가능한 셋리스트를 짜야 한다.

나는 30분 정도의 짧은 공연을 많이 하기 때문에 보통 7곡 정도를 고르는데, 5곡 정도만 확정해 놓고, 한두 곡은 종이 여백에 적어 둔 후보 곡 중 무대에서 상황을 보아 정하기도 한다. 후보 곡을 적어 두는 것은 공연 중에는 정신이 없어 내게 무슨 곡들이 있었는지 금방 떠오르지 않기 때문이다. 가끔 공연 기념품을 수집하는 관객들이 다 쓴 셋리스트를 줄 수 있냐고 하면 민망할 때가 있다. 〈이 사람, 이 곡 하려다 안 했잖아〉라고 생각하거나 〈앙코르를 준비했는데 결국 못 했군〉이라 생각할지도 모르니까.

그 밖에 〈무대 배치도와 테크니컬 라이더〉라는 것을 보내기도 한다. 무대에서 누가 어디에 어떻게 서고, 어떤 음향 장비들을 쓸지 정리한 문서다. 테크니컬 라이더는 국내에 해외 음악가의 내한 공연이 잦아지며 함께 들어온 용어인 것 같은데, 우리도 가끔 그걸 뭐라고 불렀었는지 서로 물을 때가 있다. 간단히 〈음향 장비 목록〉이라 할 수 있다.

이 두 문서는 보통 기획자가 보내 온 빈 PPT 양식에 채워서 다시 보내는 경우가 많다. 양식에 있는 마이크 아이콘 모양을 복사해 멤버 수대로 붙여 넣거나, 기타, 건반 등의 이미지를 마우스로 옮겨 배치한다. 혼자 하는 공연은 간단

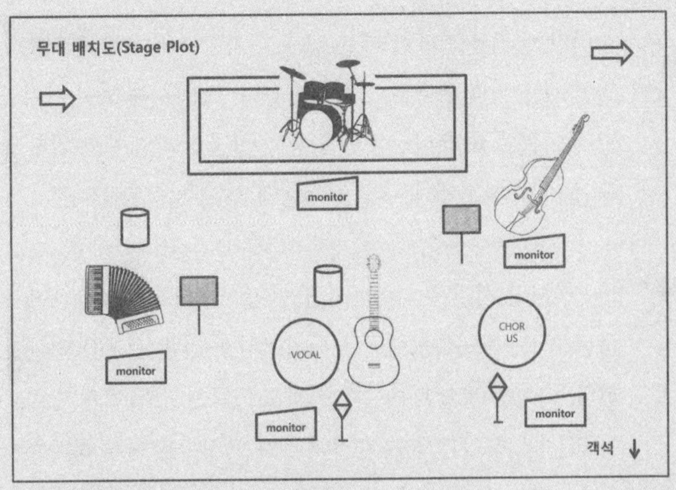

테크니컬 라이더 (Technical Rider)

악기, 포지션	세부 요청사항	의자	기타
보컬 & 어쿠스틱 기타	마이크 1ea, 마이크스탠드 1ea, 라인 1ea	1	
드럼	(* 드러머 전달 사항이 있으면 추가해 주세요)	1	
더블베이스	현재 55라인 연결(핀마이크가 나은지 문의)		
아코디언	아코디언용 핀마이크 있으면 요청합니다.	1	
코러스	마이크 1ea, 마이크스탠드 1ea		

담당자 연락처 : 010-000-0000

○

무대 배치도와 테크니컬 라이더의 예.

하지만 밴드와 함께할 때는 연주자 각각에게 음향 장비로 뭘 쓸지 물어봐 하나로 정리해야 한다. 또 복사해 붙인 마이크 아이콘이 왜 제자리에 안 붙는지 한참 궁리할 때도 있다. 공연 안 할 때는 뭘 하냐고들 묻는데, 이런 일들을 한다.

리허설 시간은 기획자가 공연 전 몇 시간을 일정하게 나눈 다음, 공연자들에게 분배하거나 시간대 선택을 하게 한다. 순서를 정할 때에는 간단하고도 독특한 두 가지 방식이 있는데, 하나는 공연 순서대로 하는 것이고 다른 하나는 역순으로 하는 것이다. 공연순으로 하면 리허설 뒤 공연까지 기다려야 하는 시간이 모두 똑같아 공평하다는 게 장점이다. 반면 역순으로 하면, 출연진이 많을 경우 밤 10에 공연할 팀이 점심시간에 리허설을 하러 나와야 하는 경우도 생긴다.

이렇게 역순으로 하는 것은 사운드 조정 때문인데, 마지막으로 리허설을 한 팀이 맞춰 놓은 세팅 그대로 첫 무대를 시작하면 안정적이기 때문이다. 하지만 요즘은 음향 장비에 메모리 기능들이 있어 이걸 꼭 지키지는 않는다. 또 역순으로 해서 너무 오래 기다리는 팀이 생기면 공연 직전에 가볍게 사운드 체크를 할 수 있도록 배려해 주는 편이다.

각자의 순서 직전에 사운드 체크를 하는 것은 페스티

벌에서 많이 하는 방식인데, 반대로 별도의 리허설 날짜를 잡는 페스티벌도 있다. 체크할 것이 많고, 당일에는 일찍부터 공연장이 관객에게 공개되기 때문이다. 이 리허설 날 공연장에 가보면, 관객이 없는 텅 빈 공터에서 며칠 후 공연할 팀들이 투덜투덜 리허설을 마치고 내려오는 풍경을 볼 수가 있다.

이처럼 며칠 전에 미리 와서 맞춰 둔 사운드가 당일에 재현되지 않으면 〈당연히〉 허망해진다. 특히 관객이 들어찬 공연장의 소리는 텅 비어 있을 때와 다르기 때문에, 리허설 때와 소리가 전혀 다르더라는 오해와 불평은 매우 흔하다. 또 테크니컬 라이더를 보냈는데, 무대 스태프들이 장비와 자리 배치를 다시 물어보면 신경전이 벌어지기도 한다.

그래도 이 모든 준비들이 불필요하다고 무시하는 사람은 별로 없다. 다 좀 더 좋은 공연을 하려고 하는 일들이기 때문이다. 귀찮아하면서도 다들 꾸역꾸역 리허설 시간에 맞춰 나타난다.

아무래도 페스티벌은 관객이든 공연자든 준비할 게 가장 많은 공연이지 않을까 싶다. 공연 관련된 것 외에도 별별 자잘한 정보들을 주고받는다. 계약 관련 정보들, 연주자별 차량 번호와 차종, 출력해 앞에 부착할 행사 차량 스티커, 신체 사이즈(기념 티셔츠 때문에), ID 카드 발급용 인적 사항 등등. 더구나 해외 페스티벌이라면 담당자가 패닉 상태에 빠질 수밖에 없다. 정보를 수합해 보내는 사람은 단 한 명의 낙오자가 없을 때까지 단체 채팅방을 들여다보며 누구 하나가 여권이 없어 가지 못하는 돌발 사고가 생길까 긴장한다. 공연 안 할 때는 뭘 하냐고 하는데, 이런 일들을 한다. 어느 분야든 사람이 움직이면 간단한 일이 없다.

지방 공연의 묘미

보통은 오전 11시쯤 슬슬 차를 몰아 강변북로에 오르는 것으로 지방 공연이 시작된다. 음악을 크게 틀어 놓고 몸을 내민 채 환호성을 지르거나 하는 일은 없다. 각자 일찌감치 편한 구석을 찾아 눈을 붙이거나 어느 휴게소 음식이 맛있는지 정보를 검색한다.

나는 주로 보조석에 앉아 운전을 맡은 레이블 대표와 대화를 나눈다. 운전을 못해 항상 미안한데, 솔직히 역할상 내가 운전을 해야 하는 건 아니다. 하지만 레이블 대표도 로드 매니저는 아니니 미안한 것이다. 우리는 주로 가까운 음악가들의 소식을 나눈다.

절반쯤 가 어느 휴게소에 도착하면 느릿느릿 화장실을 다녀와 밥을 먹거나 캔 커피 등을 산다. 고속도로 휴게소 테이프들을 구경하기도 하고(같은 음악가지만 전혀 모르는 세계), 이웃 돕기 모금함을 놓고 반주기에 맞춰 노래하는 가수를 보기도 한다. 또 겨울이면 산타 모자를 쓰고 데크에서 캐럴송을 연주하는 현악 사중주단을 보며 잠시 내 직업의 다양함에 대해 생각하기도 한다.

이윽고 차가 톨게이트를 지나고, 지방 도시의 시내로 접어든다. 보통 공연 장소에 도착하면 바로 리허설에 들어간다. 사운드를 맞춰 본 다음에야 간단히 차 한잔을 한다. 저녁을 먹어도 되지만 대부분의 공연자가 노래에 영향이 있을까 봐 식사를 공연 뒤로 미룬다. 기획자와 공연자는 계약 관계라기보다 초대자와 손님 같은 분위기라 주위에 꼭 가볼 만한 좋은 식당이 있다는 안내를 받기도 한다. 제주에서는 꼭 가봐야 할 식당이 곧 문 닫을 시간이라고 기획자가 객석 뒤에서 수신호를 보내 공연을 정확한 시간에 끝낸 적도 있다.

나는 보통 노래를 부르며 사이사이 그 지역에 대한 기억들을 이야기한다. 꼭 그래야 되는 건 아닌데, 자연히 그렇게 된다. 부산에서는 혼자 무작정 내려왔던 20대 초반의 여름에 대해 얘기하고, 동인천에서는 연안부두에 배가 안 떠 찜질방에서 잤던 기억을 얘기하는 식이다. 그러면 관객들도 〈그래, 우리 지역을 좀 아는군〉 싶은 표정으로 흐뭇한 미소를 보내온다.

서울에서 왔다는 것만으로 공연자는 아우라를 얻는다.

나는 〈서울에서 내려와 잠깐 노래나 하고 올라가는 사람〉 이미지가 싫어 괜히 나 역시 상경한 사람임을 강조하기도 하는데, 공연이 끝나면 왜 굳이 그런 얘기를 했나 싶어지기도 한다. 정작 관객들은 멀리서 왔다는 이유로 순수한 환대를 해주는데 말이다. 나는 내 공연 자체를 처음 보는 관객도 많을지 모른다는 생각에 최근의 레퍼토리에서 뺐던 곡들을 오랜만에 부르기도 한다.

자, 이제 뒤풀이로 간다. 여행의 느낌이 가장 많이 드는 게 이때인 것 같다. 공연을 마친 편안한 기분으로 낯선 도시의 시내를 걷는다. 요즘은 전국이 일일 생활권이라 곧바로 출발하는 경우도 많지만, 초대한 분들은 대부분 일박을 하고 가길 바라는 것 같다. 꼭 같이 있지 않아도 그냥 가기에는 주변이 아깝지 않느냐고 이것저것 권하기도 하고 말이다. 부탁한 공연을 모두 마치고 식사까지 했는데도 그냥 올라가면 왠지 정 없나 싶은 느낌이 드는 걸 보면 지방 공연에서 오가는 감정의 진폭이 더 크긴 큰 것 같다.

일박에다 다음 날 일정도 느슨할 때는 편안히 술을 한잔 하기도 한다. 문제는 저녁에 도착해 공연이 다음 날인 경우인데, 가끔 밴드와 여럿이 오면 낯선 동네에서 조용히 잠만 잔다는 게 아쉬울 때가 있다. 이럴 때는 다음 날 공연 전까지 숙취가 없도록 노력을 한다.

여행을 좋아한다면 공연 자체가 여행이 될 수도 있다. 하지만 매번 여행 같은 느낌인 것은 아니다. 우선 공연이라는 본래의 목적이 주는 은근한 긴장감 때문에 여정이 마냥 편하지가 않다. 여행 겸 오면 좋을 거라며 제안하는 기획자들도 많은데, 한창 어디든 가면 신기하고 좋은 나이라면 모를까 그것이 그렇게 매력적이지만은 않다. 멋진 도시로 출장 가는 사람에게 재미있겠다고 하면 뭔가 석연찮게 끄덕이는 것과 비슷하달까.

많은 공연자들이 영화제 같은 곳에 와도 영화를 보지 않거나 대기실에만 머무는 것도 보았다. 예전에는 좀 이상해 보였지만 공연자 입장이 되어 보니 이해도 된다. 그런 여행이 처음이 아닌 데다, 영화제를 목적으로 온 관객처럼 미리 프로그램 북을 보고 티켓을 끊어 둘 여력이 없는 것이다. 게다가 저녁에 잡혀 있는 공연이 너무 무리하지 말라고 끊임없이 속삭인다.

그래도 생각해 보면 음악 덕분에 크고 작은 여행을 할 수 있었던 것 같다. 밴드를 할 때에는 문화 교류단 일원으로 러시아 사할린에도 갔었고, 비록 배낭여행이 목적이었지만 프랑스와 덴마크의 수녀원과 공동체에서 짧은 연주회도 했었다. 혼자 활동한 뒤에도 〈이랑 밴드〉와 함께 도쿄에 가 내 노래를 들려준 적이 있다. 나처럼 집 근처를 벗어

나지 않는 성격의 사람은 공연이 아니었으면 그렇게 여러 곳을 가보지 않았을 것이다.

나는 떠나기 전까지는 무척 귀찮아하다가도 일단 현지에 가면 적응을 잘하는 편이다. 틈이 나면 주변의 동네도 꼭 둘러본다. 공연 후 일박을 하는 일정이고 출발이 오후라면 오전에 부지런히 움직여 숙소 근처를 가본다. 대전이나 전주, 부산, 도쿄의 아사가야 역 근처에서 혼자 돌아다녔던 코스들은 지금도 좋은 추억으로 간직하고 있다.

특히 부산 남포동 일대는 밴드 시절에도 많이 간 곳이라 유난히 정이 간다. 어느 해에 공연 하러 갔을 때에는 점심 무렵, 전에 묵었던 게스트하우스에 가보았다. 주인은 없고 아르바이트하는 분만 있어 조그만 캔 맥주 하나를 시켰다. 예전에 조식을 먹었던 공간 책꽂이에 내가 기증했던 CD가 아직 꽂혀 있는 게 보였다.

그 몇 년 전의 아침, 다른 투숙객들은 짐을 싸러 위층으로 올라가고 나만 여유가 있어 주인과 단둘이 이야기를 나누었었다. 그는 자신이 사실 주인이 아니라 주인의 남자친구라며 게스트하우스를 잠시 대신 맡고 있는 거라고 했다. 어쩌다 보니 이야기가 조금 사적인 주제로 흘러 그분이 앞두고 있는 결혼과 경제적인 부분에 대한 가벼운 고민 상담까지 하게 되었다. 나라고 잘 해나가고 있는 건 아니었지만, 나름 긍정적인 이야기들을 해주었다. 안개비가 내리는 가운데 작별 인사를 나누었던 것과 아이 주라고 카운터 옆의 종이로 접은 게 한 마리를 선물로 받았던 기억이 난다.

혼자 그런 생각을 한적히 즐기다 오늘 주인은 안 오시는지 물어보았더니, 두 분 다 아이 때문에 잠시 친정인가에가 계시다고 했다. 안부를 전해 달라기에는 설명이 길 것 같았고, 혼자 그분의 고민이 어떤 식으로든 결실을 맺었구나 생각하며 나왔다.

전국 곳곳에 기억으로 남아 있는 그런 풍경들이 지방 공연의 묘미라면 묘미이다.

강 건너 북콘서트

공연하며 재미있었던 일을 물으면 이상하게 2016년 가을에 갔던 북 콘서트가 생각난다.

같이 밴드를 했던 동열이 트럼펫 연주자로 이 행사에 출연을 했었는데, 잠시 기타 반주를 도우러 갔다가 다음 출연자로 섭외가 되었다. 기획자는 내가 음악가인 데다 잭 케루악의 소설 『다르마 행려』의 번역자이기도 하다는 얘기에 북 콘서트에 적격이라고 생각했던 것 같다. 그날은 강남역 인근의 카페였고, 쾌적한 분위기에, 책을 좋아하는 관객들이 모이는 자리였다. 출연한다면 나쁠 것 같지 않았다.

하지만 몇 달 뒤 행사가 예정된 곳은 시내의 카페가 아니라 서울 근교의 캠프장이었다. 조금 당황했지만 저녁에 돌아올 수 있는 거리라는 말에 안심했다. 번역한 책에도 야외 캠핑 장면이 많이 나오니 나름 어울릴 것도 같았고 말이다. 그러나 주최 측이 몇 차례 장소를 변경한 끝에 정한 곳은 서울 근교가 아닌 강원도 근교의 어느 글램핑장이었다.

보통은 레이블을 통해 공연이 잡히면 같이 차를 타고 가거나 고생하지 않도록 교통편들을 미리 정리해 준다. 하지만 이 북 콘서트는 애초에 음악 공연으로 잡힌 것이 아니다 보니 레이블의 업무 범위 밖에서 일이 진행된 경우였다. 나 또한 알아서 다녀오겠다고 했던 것이다.

하루 전 내비게이션으로 교통편을 확인하던 나는 이상한 점을 발견했다. 가장 가까운 경로의 마지막 1킬로미터가 강 위에 점선으로 표시되어 있었다. 설마, 다리라고 생각했지만 역시나 강이었다. 헤엄을 치지 않는 한, 춘천 터미널을 거쳐 반나절 버스를 타야 갈 수 있는 곳이었다.

행사 담당자에게 전화하니 당연히 승용차로 오시는 줄 알았다면서 죄송하지만 캠핑장에서 보트를 띄울 테니 시간에 맞춰 건너편까지 오실 수 있겠느냐고 했다(요약하니 좀 거칠지만, 무척 친절하고 정중한 안내였다). 나는 통화 직전 캠핑장 홈페이지에서 보트 이용 안내와 〈주말은 제외〉라는 문구를 확인했던 터라 이 제안이 무척 희망적으로 들렸다. 그러겠다고 했다.

당일, 용산역에서 ITX 열차를 기다리는 내 가방에는 전날 마트에서 혹시 몰라 산 바비큐용 햄과 통조림 하나가

들어 있었다(교통편 때문에 이미 일박은 하고 오기로 한 상태였다). 주최 측 텐트에서 식사를 같이하면 된다고 했지만 맨손으로 식사에 끼는 것보다 성의껏 몇 개 들고 가는 게 좋겠다고 생각했던 것이다.

ITX는 쾌적했고, 가평역 광장에서는 MT를 온 대학생들 틈에 서서 택시를 잡았다. 보트를 타기로 한 소방서 옆 수상 스키장까지 구불구불한 도로를 한참 달렸다. 가을의 가평이었고, 여러 가지 상념이 들게 하는 풍경이었다.

곧 택시 기사가 수상 스키장 앞마당에 친절히 내려 주었는데, 왠지 아무도 없는 느낌이었다. 기타를 메고 물 위에 출렁출렁 뜬 다리를 건너니 갑판에서 구명조끼를 입은 남녀가 컵라면을 먹고 있었다. 「어떻게 오셨죠?」 나는 조선 시대에나 어울릴 법한 대답을 할 수밖에 없었다. 「저 강 건너편에 가기로 했습니다.」 다행히 그들도 보트가 오는 걸 알고 있었는지 이곳이 맞다면서 앉아서 기다리시면 된다고 했다.

수상 갑판의 파라솔 테이블 옆에 기타를 놓고, 함께 출연하는 작가의 책을 꺼내어 조금 읽었다. 40분 정도 시간이 남아 있었다. 강바람이 불어왔고, 갑판은 생각보다 많이 출렁거렸다. 몇 년 전 춘천에서 열렸던 한 페스티벌 생각이 났다. 내가 참여하고 있던 밴드 〈집시앤피쉬 오케스트라〉

의 공연이었고, 그때도 공연장이 섬이라 아침에 보트를 타고 들어갔었다. 구명조끼를 입고, 더블베이스까지 싣고……. 그러나 오늘은 혼자였다.

마침 인근 펜션 주인의 아들이 수상 스키를 배우는 날이라, 어쩔 수 없이 그 과정을 자세히 지켜보게 되었다. 두 명의 강사는 교대로 지도를 해주며 자신들도 한 바퀴씩 타고 왔는데, 집에 웅크리고 있다 기타를 메고 나온 나와는 너무나도 다른 건강한 모습들이었다. 처음인데 이 정도면 너무 잘 타는 거라는 강사의 말에 펜션 집 아들은 활짝 웃으며 물 묻은 머리를 털었다.

이제 세 명으로 늘어난 수상 스키인들은 서로 보트의 운전자가 되어 주며 출렁이는 호수 저 너머 어딘가로 사라졌다 돌아오곤 했다. 내 보트만 오지 않았다. 심지어 가장 잘 타는 분은 갑판에 이를 즈음 줄을 놓고 물 위를 잠시 스쳐 가는 묘기도 부렸는데, 그사이 얼굴이 익숙해져 왠지 박수라도 쳐야 할 것 같았다. 호수의 물이 그렇게 넘실대는 줄은 몰랐다. 갑판은 보트가 들어올 때마다 무척이나 흔들렸고, 기타가 넘어지지 않도록 꼭 붙든 채 짙어진 강 냄새를 맡고 있어야 했다.

비로소 건너편에서 보트가 출발하더니 순식간에 건너

왔다. 때맞춰 캠핑 식량이 든 봉지를 든 일행 두 사람이 내 뒤에 도착했는데, 난 그들이 오늘의 관객이라는 것을 알았다. 그들은 내가 오늘의 출연자인 줄 모르는 것 같았지만 말이다.

마지막 고비는 보트 뱃머리에 앉아 손잡이를 꼭 쥐고 균형을 잡는 것이었다. 무슨 이유인지 운전자는 두 여자분만 깊숙한 좌석에 앉히고 나는 운전석 앞의 우묵한 곳에 앉으라고 했다. 보트가 그렇게 세게, 파도를 넘으며 가는 줄은 몰랐다. 이 기이한 여행을 나 혼자 겪는 것이 아까워 동영상을 찍어 보려 했지만 물안개 너머로 엄청나게 기울어진 산들만 잔뜩 찍힐 뿐이었다. 건너편은 생각보다 멀었고, 나는 엄청난 속도로 캠핑장을 향해 날아가고 있었다.

모두들 내가 음반사나 출판사 관계자와 오지 않은 것을 신기해했는데, 보트를 타고 온 것은 생각만큼 신기해하는 것 같지 않아 섭섭했다. 이날의 협찬물인 엄청난 양의 싱글몰트 위스키와 혼자 묵기에는 너무나 거대한 글램핑 텐트가 나를 기다리고 있었다.

담당자가 텐트도 큰데 친구들이라도 좀 같이 오시지 그랬느냐고 했는데, 하루 전날 연락을 받고 나와 일박을 하러(그것도 강을 건너) 갈 친구는 이제 별로 없다는 사실을 깨닫게 하는 질문이었다.

보슬비가 내려 음향 장비 위에는 비닐이 덮여 있었고, 장비를 빌려준 뒤 일찌감치 강 건너로 돌아간 주최 측의 지인 엔지니어분이 전화로 리허설 때 주의할 점을 알려 주셨다. 날이 개고 북 콘서트가 시작되자 멋진 강 풍경이 펼쳐졌다. 비스듬히 의자에 기대어 남궁인 님(내가 갑판에서 읽던 책의 저자)의 토크를 들었고, 비록 내 순서에는 다시 비가 왔지만 결과적으로는 재미있었다. 임시로 친 천막에서는 굵은 빗물이 흘렀고, 거대한 나방이 조명 주위에서 푸드득거렸다. 모두에게 우비가 지급되었고, 관객들은 토크와 공연을 듣다 어느새 의리로 내 북 콘서트를 함께하고 있었다.

그날 밤 바비큐 파티가 열릴 거라고 생각한 사람은 나뿐이었던 것 같다. 식사는 모두 도시락으로 준비되어 있었고, 내가 사 간 햄과 통조림이 유일한 술안주라 열렬한 환영을 받았다. 항상 그렇지만 모텔 방이든 텐트든 각자 방을 잡아도 모두 한군데에 모인다. 남궁인 님 텐트에서 다 함께 새벽까지 얘기를 나누다 내 텐트로 돌아와 2시간 남짓 잤다.

아침에 나와 보니 서울까지 태워 주기로 한 진행자 박지호 님과 남궁인 님이 강을 보며 스트레칭을 하고 계셨다.

〈강 저쪽이 경기도고 이곳은 강원도〉라고 하니 신기해들 했다(전날 캠핑장 홈페이지에서 본 정보였다).

잠시 후 나는 차를 얻어 타고 출발했고, 올 때와는 어울리지 않게 정확히 1시간 반 만에 집 앞에 도착했다. 거대한 공연장에서 관객과 하나가 되어 천국 같았던 그런 공연이라면 별로 떠오르지 않지만 이상하게 이 공연이 기억에 많이 남는다. 조금 피곤했지만 매우 재미있었고, 이것은 정말이지 진심이다.

뒤풀이와 앙코르의 원리

공연이 끝나고 관객들이 빠져나가기 시작하면 같이 공연한 사람들이나 엔지니어, 클럽 사장님, 기획자와 인사를 나눈다. 머뭇거리는 관객 몇 분에게 사인을 해주고, 대기실에 흩어진 짐들을 챙긴다. 기타를 메고 빠져나와 옷깃을 여미고 곧장 집으로 가는 전철을 탄다. 그리고 아무 일 없다는 듯 내 방으로 돌아온다. 책상 위에는 6시간 전에 두고 나간 일들이 그대로 펼쳐져 있고, 공연은 며칠 전의 일처럼 아득하다. 공연이라는 게 있긴 있었나?

사실 이렇게 깔끔하게 감정을 마무리하지는 못한다. 바쁜 일정들이 연이어 이어져 어쩔 수 없이 이렇게 움직여 본 적도 있었는데, 집에 들어서기 전 어떤 허기를 삼키고 들어가야 했다. 주변 음악가들에게 물어보니 다들 공감했다. 연주 후 흥분 같은 것이 남아 있어 어떤 식으로든 해소가 필요하다는 것이다.

예전에는 반자동적으로 뒤풀이를 하는 문화도 있었지만 요즘은 그렇지가 않다. 서로 〈다음 합주가 있어서……〉, 〈좀 있다 봐서 합류할게요〉 하다가 흩어지는 경우도 많다. 하지만 각자 가볍게 술을 한잔 하거나 맛있는 걸 먹으며 나름의 시간을 가지지 않을까 싶다. 아무리 담백한 느낌의 공연을 한다 해도 긴장과 흥분은 있기 때문이다. 이 부푼 상태는 공연이 끝나고도 한참 동안 가라앉지를 않는다. 또 나처럼 노래와 멘트로 이루어진 공연은 그 자체가 대중과 나누는 대화라서 〈괜한 이야기를 했다〉는 떨떠름한 기분이 남는 경우도 많다.

나는 이 허기의 정체가 뭘까 여러 번 생각해 보았다. 내가 생각한 가설은 이렇다. 몸과 마음이 분리된 채 어느 한쪽이 아직 들떠 있고 한쪽만 가라앉아서 간극이 생기는 것이다. 겉으로는 〈오늘 나 참 수고했으니〉 보상으로 먹고 마신다고 생각하지만, 자세히 보면 거기에는 더 근원적인 동기가 있다. 〈몸과 마음의 간극을 되돌려 놓는 것.〉 공연이 둘의 균형을 흔들어 놓기 때문에, 적절한 뒤풀이로 간극을 메워 주어야 다시 일상으로 말끔히 돌아갈 수가 있는 것이다. 안 그러고 집까지 가져간다면 다른 어떤 형태로든 빈틈을 채우게 된다. 혼자 맥주 한 캔을 따게 된다든지.

나는 이 술이나 음식, 커피 한잔 등이 아직 일상으로 내려앉지 못하고 있는 어느 한쪽을 데려오는 역할을 해준다고 상상해 본다. 예를 들어 몸은 공연을 끝낸 지 오래인데 마음만 저 공연장 어귀에서 떠돌고 있으면 몸이 술을 마시고 가 마음을 데리고 오는 것이다. 반대로 마음은 공연이 끝난 걸 아는데, 몸만 계속 공연을 하고 있는 경우도 있다. 그러면 뒤풀이가 가상의 공연 역할을 좀 해주며 몸을 일상으로 데려온다.

이것과 닮은 것이 앙코르다.

앙코르는 외형상 하나 더 베푸는 보너스 같은 형태를 띠고 있다. 관객이 〈한 곡 더!〉를 외치면 연주자는 잠시 뜸을 들이거나 퇴장했다 다시 나와 한 곡 더 연주하는 아량을 베푼다. 공연에 대해 궁금한 것을 묻는 자리에서 종종 이 앙코르에 대한 질문을 받을 때가 있다. 「거, 마지못한 표정으로 앙코르 하는 거, 진짜인가요? 연기인가요? 앙코르를 예상하신 건가요, 아니면 정말 당황하신 건가요?」

사실 많은 공연자들이 앙코르까지 연출에 넣는다. 하지만 자신이 인기가 좋을 걸 예상해서 그런다기보다는 공연에서는 끝마무리가 중요하고, 실제로는 앙코르까지 그 끝마무리에 포함된다는 것을 경험으로 알고 있기 때문이다. 정해진 곡을 다 했다 해도 끝을 잘 마감해 주지 않으면 공연에 뭔가 개운치 않은 느낌을 남긴다.

물론 공연 자체가 짧거나 뒤에 연주할 팀이 밀려 있어 앙코르 없이 끝내는 경우도 많다. 하지만 그런 경우에도 마지막 곡이 앙코르 같은 역할을 해야 공연의 여운이 좋다는 것을 매번 느낀다. 즉 앙코르는 그저 덤일 때도 있지만 나름 섬세한 감정 조절의 기술인 셈이다.

그래서 관객이 우레와 같이 앙코르를 청했다고 앙코르를 너무 길게 하면 감흥이 떨어지는 경우도 있다. 나도 관객으로서 공연장에서 항상 앙코르를 외치곤 하는데, 정작 너무 길어지면 요청을 해놓고도 집중도가 떨어지는 건 어쩔 수 없다. 한 곡 정도 더 하길 바랐는데 세 곡까지 이어질 때의 기분이란.

나는 앙코르가 공연의 들뜬 기분과 공연 후의 허전함 사이를 부드럽게 연착륙시켜 주는 기능을 한다고 생각한다. 너무 툭 끝나고 바로 퇴장을 하게 되면 관객들도, 공연자도 그 심리적 허기를 안고 나가게 된다. 그러면 반드시 어떤 형태로든 풀게 된다.

만일, 입장을 바꾸어 공연자가 객석을 향해 외치는 앙코르 같은 게 있다면 어떨까. 관객이 퇴장하고 음악가가 무대에 남는 것이다. 그리고 음악가가 계속 앙코르를 외치는 것이다. 관객이 다시 들어와 한 곡을 더 들어 주는 아량을 베풀면 이제 관객이 정말로 퇴장할 때 음악가도 미련 없이 집에 가지 않을까.

사람의 마음이란 정말이지 지독히도 그냥 넘어가는 것이 없다.

3

작은 가게와 음악가

모두 대강의 길은 알고 있다

늦은 밤 블로그의 댓글에 뒤늦은 답글을 적다 보면, 내 일에 동경을 품고 있는 사람들을 만날 때가 있다. 이 일이 해볼 만한지 이것저것 타진해 보는 글도 있고, 이미 단단한 환상을 굳힌 글도 있다. 겉으로는 조언을 구하는 듯하지만 〈저는 이 환상을 그냥 밀고 나가 보렵니다〉 느낌의 글들.

나 역시 이 일에 막연한 동경만 품고 있던 때가 있었다. 안면이 있던 팀들이 혹시 멤버로 끼워 줄까 싶어 클럽 입구에서 기웃거리던 일, 그들이 그냥 짐을 싸 인사하고 떠나 버렸을 때의 허망했던 기억. 데모와 함께 고심해서 써 보냈던 편지들과 눈치 없이 끼었던 술자리들. 지금 생각해도 화끈거리는 기억들이다.

전에 일했던 레이블 사무실에는 우편으로 보내온 데모들도 꽤 있었는데, 그중에는 소위 이제 한자리 하는 음악가들의 데모도 있었다. 봉투에 들어 있던 그 편지들을 누군가 지금 와 낭독해 준다면 경악할 사람이 여럿 있을 것이다. 천재의 면모를 풍기려고 쓴 과장된 표현들과 뭐든 해보겠다고 쓴 저자세의 문장들.

그 우편물의 발송자 중 실제 음악을 하게 된 사람은 얼마나 될까? 그러고 보면 정말 이 일을 하게 되고, 결국 안 하게 되는 기준점은 뭘까 궁금해진다.

두어 번, 음악을 하고 싶다는 학생들에게 일대일로 조언을 해주러 나간 적이 있다. 내가 조언할 게 별로 없다는 것을 알았지만 그들의 부모나 교사는 잠깐 만나는 것만으로도 아이에게 큰 도움이 될 것이라고 했다.

아이들은 공통적으로 자신의 꿈을 선뜻 인정해 주지 않는 환경에 답답해했는데, 재미있는 것은 정작 본인들은 뭘 해야 할지 나름 잘 알고 있었다는 점이다. 심지어 드러머가 되려 한다는 친구는 내 일과 자신이 하려는 일이 다르다는 것을 알고 있었고, 부모의 청을 못 이겨 나온 자리라는 것까지 이해했다. 한발 먼저 음악을 직업으로 삼고 있는 사람의 입장에서 초기에 느꼈던 것들을 조금 이야기해 주었지만 내가 겪어 온 환경이 그 아이가 겪을 환경과 다를 것은 뻔했다.

또 다른 친구는 음악 씬(음악 관련 일이 활발히 일어나고 소비되고, 평가도 이루어지는 영역)과 먼 곳에서 혼자 고독하게 노래 연습을 하고 있는 듯했다. 그 아이 역시 자신의 분야인 보컬리스트와 나의 분야인 싱어송라이터가 조금은 다르다는 것을 알고 있었다. 주변인들이 TV에서 이것저것 주워들은 것들로 조언을 늘어놓고 있는 듯했다. 〈네가 그만한 실력이 있는지 한 번 더 생각해 봐라.〉〈쟁쟁한 사람들도 저렇게 떨어지는데 네가 되겠니?〉 아이는 자존심에 상처를 입어 가며 꿈을 붙들고 있었다. 몇몇 정체 모를 경연 대회에서의 수상 경험과 누군지 모를 업계 사람이 해주었던 조언 한마디가 그 아이에게 의지가 되어 주고 있었다.

둘 중 누가 음악을 하게 될까? 솔직히 모를 일이다.

내 경우만 보아도, 꿈에는 어렴풋한 원형 같은 것이 있을 뿐 좀처럼 현실의 직업과 일치되지 않았던 것 같다. 현실은 레고로 만든 마을처럼 경찰, 음악가, 빵집 주인으로 나누어져 있지 않았다. 학창 시절 어른들의 압박을 받아 가며 다들 열심히 장래 희망을 써넣었지만, 20대 중반에 이미 사회는 성큼 변해 있었다. 유망하다던 직종들이 쇠퇴했고, 처음 보는 일들이 생겨나기 시작했다.

음악 역시 열일곱 살의 내게는 〈나와는 다른 존재들이

하는 영역〉이었다. 하지만 20대 중반이 되자 음악 애호가도 직접 음악을 할 수 있는 환경이 생겨나 있었다.

주위의 동료들과 처음 음악을 시작했던 시기의 경험을 나누다 보면 비슷한 시기에 같은 장소에 드나들었다는 것을 깨닫고 〈맞아. 그때 그런 게 있었어〉라며 감탄할 때가 있다. 각종 동호회, 인터넷 커뮤니티, 누군가가 객기로 잠깐 열었던 공간, 사기성 농후한 교육 기관 등이 본의 아니게 지망생들에게 적잖은 기회들을 제공한 경우도 있다.

안정감을 중시하는 사람이 보기에 이 일이 불안해 보이는 것은 당연할지 모른다. 최소 몇십 년은 보장되는 회사나 기관이 있어 거기에 내 몸을 맡길 것인지 말 것인지를 결정하면 되는 일이 아니기 때문이다. 게다가 유행도 빨라, 변화하는 환경을 거쳐 온 선배들이 새로운 환경을 통해 진입하는 후배들에게 조언을 할 수밖에 없는 곳이 음악 씬이다.

하지만 자기가 하려는 것에 대해 진지하게 인식하고 있는 사람은 그런 변화들을 버텨 내는 것 같다. 변화하는 환경에서도 취사선택하며 나름의 기반을 만들어 가기 때문이다. 90년대에 음악을 시작했던 프로듀서는 우리가 처음 만났던 무렵의 주변인 중 상당수가 지금도 음악을 하고 있다는 게 새삼 놀랍다고 했다. 어쨌든 다들 변화의 물결을 넘어온 것이다.

나는 가끔, 고교 시절 기타를 배우고 싶어 하던 친구(어쩌면 나보다 음악에 더 가까웠던 친구)를 따라 가보았던 지방의 한 스튜디오 생각을 한다. 기차역 근처의 황량한 공터를 꾸역꾸역 걸어갔던 기억. 그런 곳이 진짜 있기는 했었나 싶을 만큼 허름했던 건물과 어두운 실내의 장비들. 그곳에 틀어져 있던 음악들. 소파에 잠시 앉았던 우리가 뭘 물어보고, 뭘 했었는지조차 기억나지 않는다.

그런데 훗날 서울에서 만난 음악가들과 이야기하다 자신도 그곳에서 레슨을 받았었다며 신기해하는 동료를 만나기도 했다. 〈정말 거길 왔었어요?〉 하면서.

많은 이들이 오랜 시간에 걸쳐 제 갈 길을 찾아간다. 곁에는 그들을 불안하게 하는 수많은 조언들이 있지만, 그들은 이미 대강의 길은 알고 있다.

어쩌다 싱어송라이터가 되었는가

〈김목인 씨는 어떻게 하다 싱어송라이터가 되었죠?〉 인터뷰마다 항상 받곤 하는 질문이다. 제대로 초점을 맞춰 대답한 적이 별로 없는데, 여기 비교적 진실에 근접한 글을 한 편 써둔 게 있어 소개할까 한다. 물론 어머니라면 이렇게 덧붙이실지 모르겠다. 〈왜 이렇게 겸손하게 썼니? 어려서부터 음악에 재능이 있었잖니.〉

제목 꿈은 옷을 갈아입는다

누군가 어려서부터 꿈이 음악이었냐고 하면 전혀 아니었다고 대답한다. 특히 무대에 서는 것은 전혀 좋아하지 않았다. 초등학교 소풍 때 얼떨결에 불려 나가 「고향의 봄」을 불렀는데 그 선곡이 얼마나 구린 것인지는 알았기 때문에 그렇게 끔찍할 수가 없었다.

무대에서 뭘 하면 어울리고 뭘 하면 안 어울리는지 구별하고 있는 그 마음, 그것이 지금의 무대생활과 조금 연결될는지는 모르겠다. 그러나 그때는 음악을 하게 될지 전혀 알 수가 없었다. 꿈이라는 것은 계속해서 옷을 갈아입기 때문이다.
당시의 꿈 하면, 방바닥에 누워 기발한 발명품을 궁리하던 기억이 난다. 누가 먼저 선점하기 전에 빨리 특허를 내야 한다고 생각했다. 내가 지금 하는 작곡 일도 어찌 보면 비슷한데, 노래 역시 소리로 작동하는 정교한 발명품 같은 것이기 때문이다. 그러니 내 어릴 적 꿈이 서울의 인디 씬에서 싱어송라이터로 활동하며 음반을 내는 것이었다고 말해도 틀린 말은 아닐 것이다. 비록 아직 인디 씬은 없었지만 그 원형은 있었던 셈이다.

싱어송라이터의 꿈은 중학교 2학년 어느 날 영화감독이라는 옷을 입고 찾아왔다. 나는 내가 해야 할 일이 영화인 줄로만 알았다. 우선 아파트 상가의 비디오 가게에서 포스터부터 뜯어 오기 시작했다. 곧 영화 잡지에서 주는 오리지널 포스터들도 모으게 되었고, 부모님과 선생님께 연극영화과에 가야 할 것 같다고 주장했다. 문과와 이과만 있던 고등학교에서는 우리 학교에 예체능계는 없으니 일단 문과에 가서 공부하라고 했다.
나는 결국 연극영화과가 아닌 신문방송학과에 갔고, 입학하자마자 내 미래의 시나리오를 영상화해 줄 동아리부터 찾았다. 하지만 주로 공부하게 된 것은 영화 비평이었고, 조금 실망스러웠지만 배워 두면 내 밑천을 탄탄하게 해줄 거라 생각했다. 영화감독 프랑수아 트뤼포처럼 비평가로 시작해 누벨바그를 일으키자, 그렇게 생각했던 것 같다.
2년이 지나도록 단편영화 한 편 찍어 본 적이 없다 보니 학교도 동아리도 믿을 수가 없었다. 외부에 나가 16mm 필름 워크숍에 등록했고, 수업에서 조연출을 맡아 영화 한 편을 찍어 보았다. 스크립트를 쓰고, 촬영용 레일을 깔았다. 하지만 오늘 찍은 것을 현상해서 보려면 몇 주가 걸린다는 걸 알고 열정이 식기 시작했다.
군 복무를 마치고 서울에 와 자취방에서 두문불출하고 시나리오를 쓰기 시작했다. 하지만 내 자신이 머리에 개념만 가득할 뿐 이야기를 쓰는 법은 모른다는 것을 깨달았다. 그동안 수많은 영화를 보며 나라면 더 잘 만들겠다고 생각했지만 정작 뭐 하나 완성한 게 없었다.

꿈을 접고, 꿈 없는 시기를 보내는 동안 음악은 많은 이들에게 그렇듯 내 곁에 있는 하나의 위안이었다. 하지만 음악을 직접 해보겠다는 생각은 해보지 못했다.

대신 녹음에는 호기심이 있었던 것 같다. 밴드 음악 듣는 것을 좋아했던 데다 캠코더로 녹음을 할 수 있다 보니, 재미로 이런저런 시도를 해보곤 했다. 캠코더를 켜고 좋아하는 곡의 코드를 기타 스트로크로 친 다음 소리만 카세트테이프로 복사하는 것이다. 이번에는 그걸 크게 틀어 놓고 피아노로 멜로디를 치며 다시 캠코더로 녹음하는 식이었다(전문 용어로 〈핑퐁 녹음〉이라고 한다). 홈 레코딩이 가능해진 지금 생각하면 우습지만 그때는 그게 최선이었다. 음악이 아직 내게 모습을 활짝 드러내지 않고 있었기 때문이다.

인터넷이라는 것을 처음 하게 된 어느 날, 검색 중에 홈 레코딩이라는 것이 있다는 걸 알게 되었다. 같은 페이지에 한 레이블의 음악 공모 안내가 떠 있었고, 즉시 응모해 볼 생각을 하게 되었다. 당시 내가 응모용으로 보냈던 곡은 음악이라기보다는 사운드로 된 3분짜리 단편영화였다. 녹음은 캠코더로 했고, 격렬하게 친 건반 연주에 주변에서 채집한 소리를 섞었다.

마침 개인용 CD 라이터가 갓 나왔을 때라 CD 한 장을 구울 수가 있었다. 사실 더 먼저, 잘 아는 록 음악들을 피아노로 쳐서 보냈었는데, 안 된다고 해 다시 보내는 것이었다. 당시의 관심은 노래보다는 피아노 연주 쪽이었어서, 어쩌면 눈에 띄어 도제식으로 재즈 피아노라도 배울 수 있을지도 모른다는 엉뚱한 전략이었다. 어서 다시 〈자작곡〉을 보내라는 메일을 받고 앞서 말한 3분 길이의 음악을 급히 만들어 보냈다.

곡이 선정되어 정식 녹음을 하기 위해 스튜디오를 방문했을 때 피아노 같은 것은 없었다. 대신 이 일이 아주 재미있을 것 같다는 생각을 하게 되었다. 진짜 음악가들이 소파에 앉아 시간을 보내고 있었고, 부스 안에서는 굉장한 에너지의 밴드 사운드가 흘러나오고 있었다.

집에 와 제대로 작곡을 해보려고 책상에 앉아 노래를 써보기 시작한 것이 그렇게 25살이 넘어서였다. 그때 알았다. 나로 하여금 그 모든 준비를 하게 했던 것이 〈음악〉이었다는 것을. 음악은 내게 그런 먼 길을 돌아오게 해놓고 그사이 서울에 인디 씬을 마련해 놓고 있었다. 몇몇 선구자들이 클럽 공연을 개척했고, 인디 레이블들을 설립해 두었다.

몇 년 뒤 홍대 인근에서 일하고 활동하며 나는 천천히

인디 씬에서 활동하는 싱어송라이터로 자리 잡아 갔다. 영화를 다시 해볼 생각은 없냐고 하는 질문에 나는 이렇게 대답한다. 원래 이걸 하려던 것이었는데, 그때는 영화인 줄 알았다고.

그러니 어린아이에게 뭘 하고 싶으냐고, 직업으로 골라 보라는 게 얼마나 공허한 일인지 어른들은 한 번쯤 생각해 보길 권한다. 결국 중요한 것은 계속 옷을 갈아입는 꿈이 뭔지를 자신이 알아보는 것이다.

나의 수익 구조

음악으로 처음 돈을 번 것은 2004년이었다. 훗날 밴드 「캐비넷 싱얼롱즈」(여행 가방과 따라 부르기 좋은 노래를 뜻한다)를 결성하게 될 친구들과 정동길에서 시험 삼아 거리 공연을 시도했는데, 곧바로 행인들에게 소정의 사례를 받았다. 그날 우리는 밥을 먹으러 가며 〈첫 공연료〉는 잘 간직하고 원래 있던 돈으로 저녁을 먹기로 했다. 음악으로 번 첫 공연료는 너무나 성스럽고 소중했기 때문이다.

물론 이렇게 낭만적으로만 생계를 유지해 올 수 없었다는 것을 알 것이다. 다만 나는 이 첫날의 행운이 내 음악 생활 전반에 긍정적인 동력으로 작용해 왔다고 생각한다. 내 음악에 누군가 반응을 보이고 그 자리에서 사례를 했다는 것, 적은 돈이지만 엄연한 수익이 있었다는 것은 중요한 경험이었다.

당시는 아직 많은 밴드들이 라이브 클럽 위주로 공연

을 하며 소소한 입장 수익을 나누거나 사례비 조의 페이를 받는 등 딱히 고정 수익이라고 할 만한 게 없을 때였다. 즉, 소정의 공연료가 생겨도 〈어쩌다 번 돈〉 이상으로 생각하기가 힘들었다.

첫 연주에서 몇 분 만에 관람료를 받고 나니, 이거 꾸준히 하면 뭔가 되겠다는 생각이 들었다(그날 지나갔던 행인들에게 감사를!). 20대였고, 다른 어느 분야에서도 그렇게 곧바로 페이를 받아 본 적이 없었다. 그러니 그때 음악을 계속하기로 한 것이 꼭 불안한 선택이었다고는 볼 수는 없을 것 같다.

마침 야외 공연이 많아지던 시기와 맞물리며 섭외 공연들도 하게 되었다. 야외라 해도 엄연히 무대 공연이었다. 여러 페스티벌과 모임들이 음악 공연을 프로그램에 넣고 싶어 했고, 꼭 전문 공연장이 아니더라도 공연을 열 수 있다는 인식이 퍼지기 시작했다.

이런 공연들은 입장 수익이 아닌 섭외료를 준비해 초청했는데, 연주자로서는 훨씬 안정적인 방식이었다. 우리는 흥정을 통해 공연료를 정하는 경험을 쌓아 갔고, 조용한 곳으로 가 통화할 일들이 늘어났다. 그렇다고 경제적 안정을 찾은 것은 아니었다. 20대 몇 명이 몇 년간 음악에 애정을 쏟을 만한 동력 정도였다는 게 맞을 것이다.

쉽게 말하면 우리는 작은 행사들을 다니며 먹고살았다. 음악가들이 〈행사〉라 부르는 공연에는 조금 자조적인 뉘앙스가 섞여 있다. 〈어떤 공연이었는데?〉라고 물었을 때 콘서트라면 〈어디에서 하는 어떤 연주였다〉는 식으로 말하지만 행사는 〈그냥, 행사〉라고만 말한다. 그러면 묻는 쪽도 바로 수긍한다.

이럴 때의 〈행사〉란 음악을 필요로 하지만 꼭 〈내 음악〉이 필요해서 부르는 건 아닌 그런 자리들을 말한다. 콘서트가 내 음악을 집중적으로 보여 주되 돈은 안 되는 자리라면 행사는 돈은 되지만 자존심은 좀 버려야 하는 자리라는 이미지가 있었다. 하지만 나는 운이 좋았던 게 양쪽이 칼같이 나뉘지 않는 시기에 음악을 했다.

우리가 가는 행사는 분명 〈우리 음악〉을 필요로 하는 공연이기도 했다. 처음 보는 시민들도 있었지만 팬들도 섞여 있었고, 그중에는 얼마 후 행사의 기획자가 되어 우리를 초청하는 이들도 있었다. 밴드를 일하러 온 업체처럼 여기기보다 손님으로 정중하게 환대해 주는 기획자들도 많았다.

그러니까 어떤 관객이나 기획자가 〈나도 그 시절 음악 발전에 꽤 기여했다〉고 한다면 진짜인 셈이다. 불러 주고

가주는 양쪽이 같이 문화를 만들었다. 가끔, 이제는 전혀 다른 일을 하는 당시의 기획자들을 만나곤 한다. 우리가 성사시켰던 공연들은 과거의 추억으로 남았지만, 그때의 열정이 오늘의 공연 문화에 분명 기여한 바가 있다고 감사를 전하고 싶다.

음악가가 받는 적은 돈들을 엄연한 수익으로 여기고, 투명하게 체계적으로 만들려는 노력들도 있었던 것 같다. 그중 하나가 공연료 정산 내역을 명시하는 문화다. 만일 클럽에서 공연하면 봉투 겉면에 내가 받는 돈이 어떻게 계산된 것인지 적는 식이다. 이것 하나가 정착되는 데만 해도 몇 년이 걸렸다. 나는 이 정착에 별로 기여한 바가 없지만 여러 클럽에 다니며 캠페인까지 벌였던 몇몇 음악가들에게 빚을 졌다고 생각한다.

공짜 공연이 없어진 것도 하나의 변화였다. 물론 관객수가 적어 수익이 없는 공연은 지금도 있다. 하지만 음악가를 섭외할 때 그냥 와달라고 하는 경우는 거의 없다. 적은 금액이나마 제시하고 서로 조정하는 문화가 자리 잡은 것이다. 당연한 것 아니냐고 할 사람도 있겠지만, 음악을 경제적인 행위 밖의 일로 여기는 경우에는 그런 일도 일어날 수 있는 것이다. 예를 들어, 부르는 사람뿐 아니라 공연하러 가는 사람도 〈나도 즐거운 일〉로 생각하고 가면 그런 일이 벌어질 수 있는 것이다.

이런 변화들 덕분에 이제 누군가 내 주 수익원을 물으면 공연이라고 대답할 수 있게 되었다. 늦은 밤에 택시를 타면 종종 과거에 음악을 했었다는 기사님과 대화를 나누게 된다. 「기타를 보니 음악 하시나 봅니다. 선생님은 취미로 하시는 건가요, 업소에 나가시는 건가요?」 음악 산업의 구조를 어느 정도 경험하셨으니 궁금해하는 것인데, 누구나 본인이 뭔가에 활발히 관심을 가졌던 때의 시각으로 세상을 읽을 수밖에 없구나 싶어진다. 그분에게 음악 환경이 70년대나 80년대와는 많이 변했고, 나름 벌어먹고 산다고 설명하기란 쉽지 않다.

얘기해도 까짓것 몇 푼 되겠냐는 눈길, 혹은 TV에 나오는 인물인데 혹시 자신이 몰라본 것 아닌가 하는 눈길이 돌아온다. 고정적으로 출연하는 〈업소〉도 없고 TV에도 거의 나오지 않지만 꾸준히 공연을 여는 카페들과 기꺼이 음악가를 초대하는 모임들, 기획자들이 있어서 소박하게나마 내 수익 구조라고 할 만한 게 이어질 수 있는 것 같다.

하루 일과가 끝나면 가계부를 쓴다. 지출 항목은 여러

개이지만, 수입 항목은 3가지다. 〈공연〉과 〈공연 외〉, 〈저작권료〉. 공연에는 내 이름으로 하는 공연과 프로젝트로 하는 팀인 「집시의 테이블」(내가 기타 연주자로 참여하고 있는 월드뮤직 음악극)의 공연료, 가끔 있는 우연한 연주비(예를 들면 축가를 부르고 받은 사례금) 등을 넣는다.

〈공연 외〉는 불규칙적인데, 워크숍 강의를 맡았거나 잡지에 칼럼을 쓰고 받은 것, 라디오 출연료 등 공연이 아닌 것 전부를 적는다(이 기준은 뚜렷하지 않아 라디오에 나가 라이브 몇 곡을 했으면 〈공연〉으로 넣기도 하고, 헌책 몇 권을 팔았다고 〈공연 외〉에 넣기도 한다).

저작권료의 경우 금액이 들쑥날쑥해도 매달 정산되기 때문에 입금된 날짜에 입력하고, 실연료(음반에서 연주를 담당해서 발생한 수익)도 저작권에 넣는다. 나는 앨범과 음원 판매 수익도 이쪽에 넣는다.

이 모든 항목이 사회에서 돈 안 되기로 유명한 것들이라 다 모아야 몇 푼 되겠냐 싶겠지만 나는 이 극단적인 실업의 시대에 이나마 꾸준히 수익이 있다는 것을 다행으로 여긴다. 몇십만 원 단위의 공연을 한 달에 몇 차례 할 때도 있고, 몇십만 원 단위의 저작권료를 받을 때도 있다. 공연 외 수익이 공연료를 넘는 달도 있고, 내 공연보다 「집시의 테이블」 수익이 많은 경우도 있다. 하지만 대부분 내가 음악을 계속해 왔고, 또 계속하고 있기에 생겨나는 부가적인 수익들이다.

내가 봤을 때, 음악가들이 음악과 돈에 대해 갖고 있는 생각은 보통 세 부류인 것 같다.

1. 돈은 다른 것으로 벌고 음악은 순수하게 음악으로 남겨 두어야 한다는 쪽.

2. 음악도 엄연히 돈벌이라는 쪽.

3. 일이 들어올 때마다 돈뿐 아니라 음악적 취향과 다양한 조건을 고민하는 쪽.

나는 3번인데, 내가 할 만한 일인지 계속 판단을 하되 음악으로 돈 버는 걸 부끄럽게 생각하는 순수주의자까지는 아니다. 조금 부담스러운 정도의 공연까지는 소화하며 집에 와 얼마를 벌었는지 적어 놓는다.

다른 음악가들에게도 가계부를 써보길 권하고 싶다. 어차피 몇 푼 안 된다고 생각할지 모르지만 우리의 직업을 현실에 발 딛게 만드는 하나의 의식이기 때문이다. 소박한 것이라고 비현실적인 것이 아니다.

회사와 일한다는 것

요즘은 제작사(레이블)를 통해야만 음악 활동이 가능한 시대가 아니다. 홈 레코딩으로도 녹음을 할 수 있고, 홍보 역시 웹을 통해서도 충분히 할 수 있다. 하지만 여전히 많은 음악가들이 제작사와 일하는 것을 고민한다.

혼자 한다는 게 결코 녹록치 않기 때문이다. 어느 정도 대중적인 흥행을 경험했더라도 매 단계 새롭고 막연한 것이 음악 일이다. 앞서 말했지만 나는 레이블에서 일을 하기 시작해 계속 제작사와 음반을 내온 경우라 주변의 음악가들로부터 회사와 일하면 어떠냐는 질문을 많이 받는 편이다.

역시 결론은 〈뭐라 말하기 어렵다〉는 것이다. 첫 번째 이유는 인디 씬의 제작사 대부분이 소규모라서 시스템 못지않게 인간관계가 많은 것을 결정한다는 점이다. 무슨 비합리적인 권위주의 같은 걸 말하는 게 아니다. 당신이 제작사에 갔는데, 스튜디오에 대표와 직원 한 명만 있다면 당신의 비즈니스는 그 둘과의 〈기운〉에 좌우될 수밖에 없다. 즉 내가 일해 보고 좋았던 회사라도 당신이 좋을지는 알 수 없다.

두 번째, 같이 만든 앨범이 곧바로 음악가와 제작사 양쪽에 의미 있는 성과를 보여 주면 모르겠지만 안 그럴 가능성도 크다는 것이다. 혼자 활동할 때와 뭔가 확연히 다른 일들이 일어나야 음악가도 자기 데이터를 쌓을 수 있지만 별반 차이가 없다면 회사와 일하는 게 과연 좋은 것인지 계속 의심이 들 수밖에 없다. 그러다 신뢰가 떨어지면 그 〈별반 차이가 없는 게〉 누구 때문인지 분석이 시작된다.

나는 제작자와 음악가들 양쪽이 서로에 대해 구시렁거리는 것을 꽤 보았는데, 그 패턴은 대체로 비슷했다.

제작자에게 음악가들이란 하자는 대로는 열심히 안 하면서 말만 많거나, 꼭 하자고 한 것 한 가지를 안 하는 사람들이다. 또 알게 모르게 얼마나 비용이 들어가는지 모르는 〈속도 모르는〉 존재들이다. 반대로 음악가에게 제작자들이란 수익을 나누는 것에 비하면 뭘 얼마나 하는지 모르겠고, 뭐 좀 해보겠다면 돈이 없다고 하는 사람들이다. 제3자의 눈으로 보면 양쪽 모두 그렇게 이상한 사람이거나 사기꾼이 아니다. 그저 잘되지 않은 일의 원인을 서로에게 돌리다 보니 생기는 일들인 것이다.

서로 이런 일을 겪다 보니 방어적으로 설명하는 경우도 있다. 음악가들은 혼자 해도 충분히 되더라고 강조하고, 제작자는 혼자 하는 것에는 한계가 있다고 충고한다. 하지만 현실은 그렇게 딱 나누어지지 않는다.

혼자 제작하는 사람들도 친한 제작사에 가서 조언을 구하거나, 주변 연주자나 엔지니어에게 알음알음 신세를 지기도 한다. 크라우드 펀딩으로 제작비를 조달하는 게 보통 부지런하지 않으면 안 되는 일이라는 걸 깨닫고 패닉 상태에 놓이는 음악가들도 있다.

제작사도 음악가 개인의 수완이나 기존 인맥, 아이디어에 도움을 얻는 경우가 있다. 백지 상태의 음악가로 마법을 창조하는 곳이 제작사인 것은 아니기 때문이다.

내가 일하며 깨닫게 된 생각이 하나 있다면 음악가와 제작사는 어디까지나 〈신뢰를 쌓아 가는 좋은 협업 관계〉여야 하고, 일을 중심으로 쿨하게 만나고 헤어졌다 또 만날 수 있는 관계여야 한다는 것이다. 음악가는 제작사와 일할 생각이 있다면 〈영원히 안식을 취할 곳〉을 고르듯 기대하는 것보다는 서로 인생의 한 시점에서 필요한 것들을 얘기하고 조그만 성과 한 가지를 내본다는 생각으로 노력하는 수밖에 없는 것 같다. 흥행이 좌우하는 이 일의 특성상 결과가 어떨지는 보장할 수 없다. 하지만 협업의 과정이 어느 정도 좋은 기억으로 남았다면 이후에 다시 좋은 프로젝트로 만날 수가 있다.

내 경우, 첫 번째 제작사에서 밴드의 1집 앨범을 냈지만 두 번째 음반을 준비하는 과정에서 이런저런 이유로 공백이 길어졌다. 햇수가 길어지고 시너지가 안 나는 상태에서 같이 일하려니 서로 힘이 되기보다는 부담이 되기 시작했다. 비슷한 시기에 밴드도 활동이 중단되어 혼자 집에다 간단한 녹음 장비를 마련해 놓고 작업을 시작했는데, 그것도 만만치 않았다.

제작사와 일하다 혼자 하려니 작업물의 완성도에 자신이 없었고, 녹음이나 믹싱, 마스터링 등 전문적인 기술을 상의할 사람을 찾으려니 꽤 막막했다. 워낙 부탁을 잘 못하는 성격이라 내 일처럼 제작을 도와줄 사람을 구한다는 것은 제작사와 일할 때의 부담만큼이나 부담스러웠다.

운 좋게 두 번째 제작사와 일하게 되었을 때, 내가 품은 기대는 딱 한 가지였다. 〈지금 작업 중인 작품을 하루빨리 완성하게 해주는 것.〉 다행히 최소한의 기대만 있었기에 음반이 나온 뒤 반응이 있다는 것 자체를 행운으로 받아들일 수 있었다. 그리고 좋은 기억을 한 번 만들었기에 다음 작업도 신뢰를 가지고 일할 수 있었다. 제작사가 〈대박 한 번 내보자〉고 제안했으면 신뢰하지 못했을 것이다. 〈일단 좋은 작품을 만드는 데 집중하자〉는 제안이 내 필요와 잘 맞았던 것 같다.

참고로 음악 업계에서는 제작사를 〈회사〉라고 부르는데, 제작사 직원만 그렇게 부르는 것이 아니라 음악가들도 그렇게 부른다. 레이블과 앨범 계약을 하면 〈나 이번에 회사에 들어갔어〉라고 말하는 식인데 그건 어딘지 좀 이상하다. 〈회사〉에 〈들어갔다〉고? 그쪽 회사와 〈계약했다〉고 말해야 정확한 것 아니야?

나만 유독 이런 관용어에 예민한 것인지는 모르겠지만, 썩 마음에 안 드는 용어(하지만 너무 굳어진 용어) 중에는 〈소속〉도 있다. 방송국에서 출연료 지급을 위한 서류를 쓸 때면 항상 이름 옆에 소속을 쓰는 칸이 있는데, 사실 이건 꼭 음악가에게 소속사를 쓰라는 게 아니라 직장, 기관 등 소속이 있는 업계 사람들을 위해 만든 칸일 것이다.

그럼에도 나는 혼자 속으로 〈음악가는 어디에도 속하지 않는다〉고 중얼거리며 마지못해 제작사 이름을 쓰곤 한다. 비유로라도 누군가의 밑에 들어가는 느낌이 싫은 것 같다.

공중파 연예 프로그램에 대형 기획사들이 일하는 모습이 많이 나오면서 업계의 관용어들은 대중들에게도 친숙해지고 있다. 특히 음악가와 제작사의 관계를 직원 대 회사, 자녀와 부모의 관계로 비유해 웃음을 자아내는 경우가 많다. 음악가가 유려한 연주를 하고 기획사 대표가 흐뭇하게 바라보는 장면 밑에 〈소속 가수를 바라보는 사장님의 눈에서 꿀이 떨어진다〉는 식의 자막을 내보내는 것인데, 상당히 불편하다.

이런 용어가 은근 무서운 것은 실제의 계약 관계는 합리적으로 변해 가고 있는데, 자꾸 낡은 방식으로 관계를 상상하게 한다는 것이다. 계약상 동등한 동업자인데도 제작자가 음악가를 〈우리 애들〉이라고 말하는 분위기를 만들어 버리는 것이다. 또 음악가가 새 기획사와 계약했다는 기사에 항상 쓰이는 관용구들, 〈새 식구가 되었다〉, 〈둥지를 틀었다〉, 〈한솥밥을 먹게 되었다〉 등은 왠지 제작사와 일하지 않으면 따로 밥을 먹는 떠돌이 새라도 되어야 할 것 같은 느낌을 준다.

나는 계속 제작사와 일해 왔지만 나 개인을 1인 회사로 생각하는 습관을 들이려고 한다. 그래야 제작사를 〈둥지〉가 아닌 좀 더 전문적인 동료, 협력사로 볼 수 있기 때문이다.

모든 것이 계속 합리적이고 쿨해질 거라고 기대해 본다.

모두가 모든 일을 한다

레이블과 일을 하면, 공연이나 인터뷰, 라디오 방송에 갈 때 A&R 담당자가 동행하곤 한다. 편의상 매니저라고 소개하는 경우가 많지만, 요즘에는 더 명확한 명칭인 A&R로 부르고 있다.

〈아티스트와 레퍼토리〉의 약어라는 것만 대강 알 뿐 나도 이 용어가 지칭하는 일의 범위가 정확히 어디까지인지 몰라 위키피디아에서 찾아보았다.

A&R의 첫 번째 역할은 음반 회사를 위해 음악가를 발굴하는 것이었다. 음악 시장의 흐름이나 취향을 읽을 줄 아는 능력이 필요한 일이라고 나와 있었고, 이어지는 설명은 조금 혼란스러웠다. 〈그래서 흔히 음악가나 음악 기자, 프로듀서 출신이 맡는 경우도 많다.〉

두 번째 역할은 녹음 진행을 관리하는 것이었다. 찬찬히 읽어 보니 우리 프로듀서가 하고 있는 일과 거의 똑같았다. 말하자면 우리 프로듀서는 프로듀서이자 A&R로서 제작 과정을 체크해 제작자인 자신에게 보고하고 있는 셈이었다.

세 번째 역할이 마케팅과 프로모션을 지원하는 일이었다. 싱글로 먼저 공개할 곡이나 타이틀 곡을 정하는 것도 A&R의 주요 업무라고 했다. 〈그렇구나. 그래서 나와 항상 동행하는 것이고 그렇게 바쁜 것이었구나〉 고개가 끄덕여졌다.

하지만 어딘지 시원치는 않았다. 이미 프로듀서와 두 군데나 역할이 겹쳤고, 창작과 공연, 엔지니어링을 제외하면 대부분의 음반 관련 일을 늘어놓은 것 같았다. 마치 사전에서 어려운 단어들끼리 서로를 가리키고 있는 느낌이랄까. 〈아무래도 업계가 작은 데다 일이 뚜렷이 분화되지 않아 그런가 보다〉 생각했다.

사실 인디 음악 씬에서는 음악가가 공연 기획을 하는 경우도 많고, 음악가 출신의 엔지니어는 더더욱 많다. 그래서 누군가에 대해 설명할 때면 곧잘 〈원래는 뭘 하던 사람〉 식으로 표현하기도 한다. 베이시스트 출신 매니저, 매니저 출신 제작자, 드러머 출신 녹음실 실장님 이런 식으로 말이다.

나도 A&R 출신 음악가다. 앞서 한 레이블의 음원 공모에 데모를 보냈던 이야기를 했는데, 그 후 1년 정도 안부를 주고받다 음악가가 아닌 레이블 직원으로서의 가능성을 먼저 인정받게 되었다(음악 시장의 흐름을 읽을 정도는 아니었는데 뭘 보고 A&R로 채용했는지는 지금도 의문이다). 좋아하던 음악을 일로 할 수도 있겠다고 생각한 나는 어떻게든 스튜디오 근처에 머물며 음악계에 발을 들이고 싶었고, 좀 더 후에는 친구들과 느슨하게 해오던 밴드를 레이블에 소개하기도 했다.

그 뒤 몇 년간은 내 밴드가 계약된 레이블에서 내가 일을 하는 기이하고도 흔한 모양새(나 말고도 4~5명이 그랬다. 직원 겸 밴드)를 띠고 있었다. 이렇게 되면 일이 생각보다 복잡한데, 합주를 하다 사무실 전화를 받기도 하고, 내가 받은 섭외 전화에 〈나〉와 상의 후 연락드리겠다고 답해야 하는 경우도 있다. 내 홍보 자료를 내가 쓰는 것은 물론이요, 내 음반의 제작 감리를 보러 가기도 했다.

한번은 이런 일도 있었다. 대학 시절부터 나는 한 시민단체에서 영상 촬영 자원 활동을 하고 있었는데, 음악 씬에 발을 들였던 시기에도 아직 그 일을 하고 있었다. 그러다 보니 당시 대선을 앞두고 각계각층의 영상 인터뷰를 하느라 만났던 영화감독이 친구 스튜디오에 놀러 왔다가 직원으로 일하고 있는 나를 보게 되는 일이 일어났다. 고개를 갸웃하던 그 감독은 얼마 후 안국역 근처를 지나다 친구들과 공터에서 합주하고 있는 나의 세 번째 자아를 보게 된다. 그제야 도대체 내 정체가 무엇인지 물었던 것 같다. 나는 영상 인터뷰를 하러 갔던 사람도, 레이블 일을 하고 있던 사람도, 합주 중인 사람도 내가 맞다고 확인해 주었다. 그때가 너무 인생의 격동기라 그랬는데 보는 사람 입장에서는 조금 괴상했을 것이다.

당시 레이블에서 맡았던 업무 중 기억나는 것 하나는 데모를 접수하는 일이었다. 꽤 많은 지망생들에게 검토 후 빠른 시일 내에 연락을 드리겠다는 답장을 썼다. 또 채택되지 않은 다수를 위로하기 위해 이런저런 메일을 쓰기도 했다. 완성도보다는 스타일이 맞지 않아서 그럴 거라느니, 더 잘 맞는 레이블을 찾을 수 있을 거라느니 등등.

사실 나도 비슷한 입장이었다. 레이블에서 일하며 언젠가 내 음악을 활발히 할 기회를 엿보고 있었으니까. 물론 레이블의 공식 계정으로 발송된 메일이었지만, 그 무렵 내 메일을 받았을 음악가도 꽤 있을 것이다.

그때의 제작 팀장은 음악 기자 출신으로(지금은 내 프로듀서. 그러고 보니, 위키피디아의 A&R 설명이 맞긴 맞는 것 같다) 본인 역시 새로운 밴드를 준비하고 있었다. 베이시스트를 쉽게 구하지 못하고 있자 작업실 동료가 밴드 〈도어스〉처럼 오르간으로 베이스를 해도 좋을 것 같다는 아이디어를 냈다. 그래서 한동안 내가 건반 세션으로 활동했었다. 사무를 보다 건반 주자로 공연에 갔다 와서 퇴근하고 내가 하는 밴드 멤버들과 어울려 다니던 게 당시의 생활이었다. 속 모르는 사람이 본다면 한마디로, 음악으로 충만한 삶이었다.

신문사와 방송국에 음반과 보도 자료를 돌리러 가거나 동료 밴드의 야외 공연을 위해 인근 매장의 점장들을 만나는 것도 내 일이었다(위키피디아에 설명된 매니지먼트 지원 일이었던 것이다). 밴드 매니저와 함께 차를 타고 이곳저곳 다니기도 했고, 방송국 복도 한구석에서 레이블 직원이 아닌 매니저 일을 본격적으로 해볼 생각이 없냐는 제안을 받은 적도 있다.

나는 결코 매니저를 할 수 있는 성격이 아니었다. 언론사에 가도 담당 기자의 텅 빈 책상에서 언제 오나 기다리기보다 조용히 음반만 올려놓고 서둘러 나오는 소심한 사람이었기 때문이다. 그래서인지 언젠가 A&R과 매니저의 노고에 바치는 〈매니저〉란 제목의 곡을 써보고 싶다. 스타일? 아무래도 첩보물이 아닐까. 내게 선명히 떠오르는 것은 조용히 건물에 잠입해 음반만 놓고 빠져나오는 이미지이기 때문이다.

지금은 음악 시장도 빠르게 변하고 있고, 공연 기획이나 엔지니어링, 레이블 운영 등 세부적인 분야 자체를 집중적으로 공부하는 사람들도 많아졌다.

그럼에도 여전히 땡볕의 무대에 서 있는 엔지니어나 운전 중인 어느 팀의 로드 매니저, 입장 관리 중인 레이블 직원들을 보면 혹시 다른 일을 겸하고 있거나, 전에 음악을 했었거나, 나름의 음악을 준비 중이신 분들인가 생각할 때가 있다.

그리고 모두들 고생하고 있다는 생각에 한 번 더 인사를 하게 된다. 살짝만 들여다보면 모두가 생각보다 여러 가지 일을 하고 있을 것이다. 또 내가 하는 일이라고 해서 그 사람이 안 해봤으리란 보장도 없고 말이다.

방송은 역시 어려워

방송국 옆의 카페 한곳에 자리를 잡고 앉아 한숨 돌린다. 밤 시간. 퇴근 후의 시간을 보내고 있는 사람들 틈에서 뒤숭숭하게 들떴던 생각들을 모아 보려 하고 있다.

저녁에 출연한 라디오 프로그램에서는 큰 실수까지는 없었지만 너무 우왕좌왕했다. 목도 잠기고 혼자 엉뚱한 타이밍에 웃거나 DJ의 말에 몇 차례 〈네〉라고만 말해 버렸다. 왜 뭔가 더 말하지 않았을까, 무안하기만 하다. 게다가 〈이미 끝난 일〉도 아니다. 방송은 한 주 뒤 어느 새벽에 전파를 탈 예정이다.

이렇게 종종 라디오에 나갈 때가 있다. 한두 곡 라이브 연주를 하거나 내 곡과 추천 곡을 틀며 내 소개를 한다. 활동과 앨범을 소개하고 가벼운 일상에 대해 대화를 나눈다. 최근에 다녀온 여행이나 취미 같은 영원한 단골 소재들. 그러다 가까운 공연을 소개하고 마무리한다.

보통은 방송 20분 전쯤 로비에서 A&R 담당자와 만나 출입증을 쓰거나 작가가 등록해 둔 이름을 확인한다. 엘리베이터를 타고, 스튜디오로 이어지는 복도를 지난다. 묵직한 방음문을 열면 DJ가 아직 이전 순서의 방송을 녹음하고 있다. 우리는 콘솔 앞에 앉아 있다 황급히 일어서는 작가나 피디와 인사를 나눈다.

A4 용지 서너 장에 출력한 원고를 받는다. 〈아시겠지만, 이대로 하지는 않아요〉라고 작가가 설명해 준다. 그래도 나는 소파에 앉아 출제 문제라도 보듯 대강의 대답을 준비해 둔다. 안으로 들어갈 시간. DJ와 정중히 인사를 나누고 자리로 가 헤드폰을 쓴다. 다시 한 번 가볍게 인사를 나누지만 곧 음악이 흐르고, 어색한 침묵.

10년 전쯤에는 라디오도 훨씬 엄격했던 것 같다. 험악한 얼굴로 으름장을 놓는 피디들도 있었고, 무엇보다 방송 사고라도 낼까 꽤 긴장했던 것 같다. 생방송은 물론이고 녹음 방송도 실수를 해 다시 하게 되면 무척 주눅이 들곤 했다. 프로답지 못해 뭔가 굉장히 실례하는 기분. 요즘은 공중파 라디오도 꽤나 즉흥적이고, 요구하는 것도 많지 않아 그저 편하게 하라고만 한다. 그래서 더더욱 출연자의 역량에 분위기가 좌우된다.

방송이 시작되면 보통 때의 나와 몇 퍼센트 정도 더 〈업〉 시킨 내가 오간다. 의외로 라이브 연주에서는 큰 실수가 없고, 오히려 소소한 대화에서 실수가 생긴다. 즐겨 산책하는 곳을 가볍게 묻는데 떠오르지 않아 너무 곰곰히 생각하기 시작한다거나 겸손하게 말하려다 썰렁한 자기 비하를 하는 게 문제다. 오늘은 준비한 추천 곡을 모두 소개해야 하는 줄 알고 정작 내 타이틀 곡은 틀지도 않고 나왔다. 〈역시 방송 체질은 아닌가〉 싶은 생각을 하게 만드는 순간들.

방송국 로비를 나설 때면 이곳은 〈아무도 뭐라 강요하지 않지만 사실 꽤 치열한 곳〉이라는 것을 느낀다. 사람들은 입버릇처럼 〈방송에 한 번 나가야지?〉라고 말한다. 하지만 한 번 출연하는 것이 관건이 아니라 그 한 번에서 얼마나 돋보이느냐가 관건이다. 세상에는 가만히 있어도 웃음을 주거나 진한 인상을 남기는 사람들이 있다. 방송에서 너무 평범하다고 화제가 된 사람들도 나름 방송에 어울리는 최소한의 뭔가가 있다.

DJ는 피곤한 얼굴이다. 음악이 흐르는 사이 하루에 몇 건의 녹음을 몰아서 하거나, 밥을 못 먹어 지친 표정이 나타난다. 대부분 꽤 유명한 연예인이나 아나운서인 경우가 많은데도 무척 겸손하고 친절하다. 우리는 나직이 앨범 제작이나 공연자로서의 고충, 육아의 피로 등 소소한 이야기들을 나눈다. 그 순간은 꽤 온기가 있지만 너무 짧다. 곡이 끝나고 조정실에서 신호를 주고 다시 각자 헤드폰을 쓴다.

DJ의 능숙한 목소리가 두런거리는 〈소리의 방〉에서는 한 주 뒤, 혹은 다음 날 어딘가에서 귀를 기울이고 있을 청취자들의 존재감이 느껴진다. 문자 서비스로 청취 소감을 올리거나 소소한 사연을 올리기도 하는 어딘가의 사람들. 그들의 엉뚱한 사연들이 DJ와 출연자인 나의 긴장을 누그러뜨린다. 작가는 열심히 모니터에 사연을 옮겨 주고, DJ는 최대한 골고루 소개를 해주려 노력한다.

내 노래 한 곡을 소개한다. 며칠 전 A&R 담당자를 통해 선곡해 보냈던 곡들 중 한 곡이다. 헤드폰을 벗은 동안에 부스 안으로 내 노래가 크게 흘러나온다. 난 살짝 어색해지고, DJ는 그 짧은 시간에 내 곡의 특징을 포착해 보려 귀를 기울인다. 그들이 내 모든 곡을 알고 있거나 전날 전 곡을 미리 듣고 올 수 없는 것은 당연하다.

녹음 방송에서는 곡 재생을 생략할 때도 있다. 멍하니 듣고 있던 곡이 지지직 멈추더니 곧바로 엔딩으로 이어진다. 라이브 연주도 미리 녹음해 두는 경우가 있다. 그럴 때는 도착해서 라이브 연주를 먼저 녹음하고, 방송에 들어가면 조정실에서 피디와 엔지니어가 멘트 사이 적절한 곳에 편집해 붙인다. 이 경우 DJ는 녹음된 라이브를 듣고 박수를 쳐야 한다. 나는 방금 연주를 마친 듯 〈감사합니다〉라고 말해야 하고. 이 모든 것이 꼭 속임수의 느낌은 아니다. 일을 가까이에서 구경할 때만 볼 수 있는 재미있는 묘미라고 하는 게 맞을 것 같다.

방송이 끝나면 청취자들에게 인사를 하고 가까운 공연을 소개한다. DJ의 〈안녕히 돌아가십시오〉라는 인사와 함께 나는 마이크 멀찍이 퇴장하지만 실제로는 그대로 자리에 앉아 DJ의 마무리 멘트들을 듣는다. 이제 모든 게 끝나고 작가가 수고하셨다며 문을 열고 들어온다. 벗어 둔 겉옷을 챙기고, DJ와 사진 한 장을 찍는다. 홈페이지의 사진방에 올릴 사진. 내 CD 한 장을 선물하기도 하고, 작가는 A&R 담당자에게 다른 출연진 섭외를 미리 제안하기도 한다.

복도를 따라 멋쩍게 걸어 나오는 동안에도 각 방의 스튜디오에서는 뭔가를 녹음하고 있다. 이런 식으로, 잠시도 멈추지 않고 흘러나오는 라디오 방송의 프로그램들이 만들어진다.

오늘은 집에 가기 전에 근처 카페에서 잠시 생각을 정리하고 간다. 잘해 보려고 했다가 괜히 더 어색해졌던 마음은 이제 조금 누그러졌다. 다시 곡을 쓰고, 연주자들에게 악보를 보내고, 이런저런 일을 할 수 있는 상태로 돌아온다.

평소대로 했으면 어땠을까 가정해 보다가 그것만큼 어려운 것이 없다고 생각한다. 야근자들이 있을 방송국 건물은 어둑해져 있고, 도시의 사람들은 어딘가로 몰려가거나 노트북 앞에서 전화 통화를 하고 있다. 얼마나 많은 사람들이 자신이 어떤 어떤 체질이 아니라는 것을 깨닫고 실망하며 살아왔을까. 이제 그만 슬슬 집에 가기로 한다. 그리고 언제나 이런 기분을 아주 쉽게 요약해 주는 말, 〈방송은 역시 어려워〉로 하루를 마무리한다.

작은 가게로서의 음악가

〈작은 가게로서의 음악가〉는 몇 년 전까지 내 머릿속에 자주 맴돌던 개념이다. 이 비유가 음악가라는 내 직업의 실체를 파악하는 데 유용하다고 생각했다. 음악가는 개인인 것 같지만 가만히 보면 자신의 이름을 걸고 하는 가게에 가깝고, 다만 그 가게가 투명해 보이지 않을 뿐이라는 논리.

동료 블루스 음악가에게 이 얘기를 했더니 아주 공감한다는 듯 이렇게 말했다. 「당연하죠. 그것도 아주 쪼끄마한 구멍가게죠.」 이것을 소재로 공연도 한 번 했다. 「소극장 콘서트 — 작은 가게와 음악가」. 공연의 기획자는 극장 대표님도 자주 그런 말씀(「우리 극장이야 뭐 구멍가게죠」)을 하셨다며 반가워했다. 나는 음악가란 직업을, 신곡을 하나씩 개발해 손님(싱어송라이터 이랑이 맡았다)에게 메뉴로 내는 식당 정도의 느낌으로 연출했다.

많은 음악가들이 자신을 한 명의 개인으로만 생각한

○

콘서트「작은 가게와 음악가」포스터를 위한 스케치. 가게가 회전 초밥집풍(아래)에서 중세 시대풍(위)으로 바뀌었다.

다. 음반사를 〈회사〉라고 즐겨 부르며 종종 자신을 직원으로 착각하는 것, 그리고 〈문화 노동자〉라는 말에도 기본적으로 개인이라는 의미가 깔려 있다. 하지만 가만 보면 우리는 사업장이 투명한 나머지 종종 스스로를 〈개인〉이라고 착각하는 가게들이다. 나 자신만 해도 〈김목인〉이라는 간판을 내걸고 하는 가게라고 생각하면 많은 것들이 좀 더 명확해진다.

내 옆집에는 비슷한 장사를 하는 가게들이 늘어서 있고 모두 자기 이름이나 별명을 간판으로 내걸고 있다. 우리는 치열한 경쟁자라기보다는 가끔 집기와 일손도 빌리고, 다닥다닥 붙어 있어 서로 든든하기도 한 그런 사이들이다. 매일매일 새로운 상품을 내기보다는 일정 기간 정해 놓은 물건들을 팔며, 공연 때의 〈레퍼토리〉는 일종의 메뉴 같은 것이다. 새로운 시즌이 다가오면 새 메뉴를 준비한다.

내 가게의 손님들은 어느 정도 옆집 가게의 손님이기도 하다. 우리는 수익이 저조하면 퇴근 후 부업을 하기도 하며, 완전히 새로운 물건을 판다기보다 〈빵〉이나 〈가구〉처럼 오래전부터 있었지만 내 나름으로 창조한 것들을 판다. 문을 닫았다가 어딘가 새로운 곳에서 열기도 하고, 사라졌다가 전혀 다른 가게를 여는 경우도 있다.

그리고 좀 더 큰 시장에 물건을 소개해야 할 필요가 있을 때에는 〈기획사, 음반사〉 같은 관련 업종과 거래한다.

이런 상상을 자주 했던 이유는, 사람들이 조금 예외적이라고 생각하는 일을 하다 보면 알 만한 직업에 빗대어 설명해 줄 일이 많기 때문이다. 사회의 대다수가 웬만큼 알고 있는 틀 밖에 내 직업이 존재한다는 것은 꽤 어수선한 일이다.

실제로 많은 음악가들이 어떤 직업 하나를 자신의 생활에 적용해 보곤 한다. 일정 거리에 작업실을 차린 다음 일정한 시간에 출근하고, 퇴근하는 것은 직장인에 자신을 대입한 것이다. 월급이 있는 것도 아닌데 직장인 평균 소득쯤은 벌어야 한다고 압박을 느끼는 사람도 있다.

누가 보면 원맨쇼 같지만 이런 것은 실생활에서 중요하다. 무언가 해야 할 일이 있는 것은 분명한데, 그 일을 하는 구조가 전혀 정해져 있지 않다고 상상해 보라. 그건 꽤나 혼란스러운 일이다. 나도 하루에 여러 번 다른 직종에 내 직업을 포개어 보며 생활한다. 대개 무직자처럼 하루를 시작해 사무원처럼 시달리다가 바bar 주인처럼 늦게 문을 닫지만 말이다.

그래서인지 어느 골목에서 야무지게 장사를 하는 식당

을 보면 괜스레 부러워진다. 그 대부분이 환상이라는 거야 알지만 잠시 접어 두고 보면, 〈4시까지 준비 시간입니다〉, 〈재료가 떨어지면 문을 닫습니다〉 같은 문구가 어찌나 매력적으로 보이는지. 내 생활은 마치 있는 재료, 없는 재료 다 끌어다 문을 열고 있는 가게처럼 어수선해 보인다.

계산대에서 주방, 바까지 비좁은 공간에 알차게 짜 넣은 가구들이나 영업 시간을 자신 있게 붙여 놓은 안내판, 〈저것 하나만 만들라면 나도 정말 잘할 수 있을 것처럼 보이는〉 제품들, 휴가 기간 공지까지. 나도 뭔가 그런 것을 하나 내걸 게 있었으면 상상하게 된다.

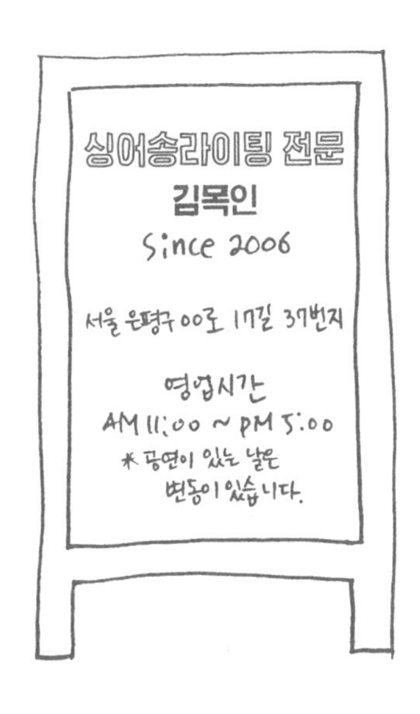

우리가 한 번쯤 다른 직업을 꿈꾸어 볼 때는 환상이 작동한다. 예술가는 〈평범한 직장인처럼 살고 싶어〉라며 잠시 모든 직장인을 〈평범하게〉 만들어 버리고, 직장인은 〈자유로운 영혼으로 살고 싶어〉라며 모든 예술가들의 고충을 외면한다. 많은 창작자들이 시작과 끝이 확실한 일이나 손으로 만드는 일을 동경하는 것도 비슷한 이유일 것이다. 나처럼 이 노래, 저 노래를 만들어 온 사람들에게는 지루할 정도로 한 곡을 연습해야 하는 피아노 연습이 너무나 아름답게 느껴진다. 소속감 또한 중요한 요소다. 어떤 음악가들이 제작사와 일하는 것은 파격적인 계약 조건 때문이 아니라 혼자 하는 데 지쳐서다.

이렇게 환상에 젖어 있다 보면, 곧 〈작은 가게〉에 따르는 책임들이 떠오른다. 〈나는 항상 제때 문을 열었던가〉, 〈단골손님들을 잘 챙겼던가〉, 〈부끄럽지 않을 만큼 제품들에 심혈을 기울였던가〉. 그리고 다시 슬그머니 한 명의 개인으로 돌아오게 된다.

그러나 나는 〈작은 가게로서의 음악가〉 같은 상상이 기획사나 음반사 같은 〈회사〉와 계약하는 음악가에게 도움이 될 거라 생각한다. 자신의 콘텐츠를 가진 〈작은 가게〉가 사업을 더 활발히 하려고 〈큰 가게〉와 계약한다고 생각하는 것이다. 그러면 〈소속〉은 〈제휴〉가 될 것이고, 서로 좀 더 거리를 유지한 상태에서 책임이 명확해질 것이다. 가족처럼 생각하다 실망하는 그런 관계가 아니라 계속 거래를 유지하기 위해 서로 약속을 잘 지켜 나가는 관계, 어찌 보면 당연한 〈상도덕〉을 지켜 나가는 관계.

물론 이 모든 것은 어디까지나 비유이다. 음악가는 가게가 아니라 그냥 음악가다. 하지만 다른 직업들이 지니고 있는 장점들을 도입해 보는 것도 나쁘지 않을 것이다. 누군가는 예술을 어떻게 〈장사〉에 빗댈 수 있냐고 스스로를 초월적인 위치에 놓을 수도 있겠지만, 어차피 게으른 예술은 상술이나 마찬가지고, 정성이 깃든 장사는 예술이나 마찬가지다.

오랜만의 홍대, 라이브 클럽

요즘은 홍대에 나올 일이 많지 않다. 공연 장소가 꼭 홍대에 국한되어 있지 않기도 하고, 지인들의 작업실도 홍대에서 조금 떨어져 있는 경우가 많다. 그래도 여전히 홍대에 왔다며 내게 전화를 하는 친구들이 있는데, 음악을 하니 당연히 홍대에 사는 줄 알았단다.

〈홍대 앞〉이 음악과 관련해 굳건한 상징성을 띠고 있는 것은 이곳에서 벌어졌던 일들이 많기 때문이다. 라이브 클럽과 공연장들이 있었고, 카페들이 있었고, 기획자들의 사무실이 있었다. 이제는 대부분 집세 때문에 엄두들을 못 내지만 개인 작업실도 많았다.

나야 음악 문화의 중심이 신촌에서 홍대로 넘어왔다는 그 무렵 이곳에 없었지만 홍대에 드나들기 시작한 2002년쯤에도 그랬고, 적어도 10년 넘게 이곳은 라이브 공연의 굳건한 중심지였다. 내가 활동했던 밴드 〈캐비넷 싱얼롱즈〉

도 두어 곳의 라이브 클럽에서 꾸준히 공연을 했고, 홍대 앞 놀이터에서 토요일마다 열리는 프리마켓에서도 공연했다. 뒤풀이에 가면 인근에서 갓 공연을 마친 다른 밴드들을 만날 수가 있었다. 마을버스를 탈 정도의 거리인 망원동에 살면서 홍대로 나갈 일도 참 많았는데, 많은 약속들이 홍대에서 있었기 때문이다.

요즘은 소규모 공연이 이루어지는 장소가 라이브 클럽에만 국한되지 않고 공연이 기획되는 곳을 따라가는 편이다. 남산 어귀의 카페에서 할 때도 있고, 한남동의 미술관이나 지방의 소규모 책방에서 할 때도 있다. 그러다 보니 홍대의 클럽에서 섭외 연락이 오면 무척 오랜만에 홍대에 나가게 된다.

주로 사람들이 붐비는 〈걷고 싶은 거리〉 쪽보다는 신촌과 가까운 부근으로 가게 된다. 역에서 내려 풀이 무성한 경의선 철길(지금은 공원이 되었다) 옆 언덕을 올라가면, 홍대 정문부터 신촌 방향으로 길게 이어져 있는 미술 학원가 끄트머리로 나온다. 보통 〈산울림 소극장 앞〉이라 부르는 이곳에서 몇백 미터 안쪽에 있는 클럽들에서 공연하는 경우가 많다.

내가 공연했던 곳 위주로 나열하자면, 〈한잔의 룰루랄라〉, 〈스트레인지 프룻〉, 〈클럽 빵〉, 〈살롱 바다비〉(지금은 문을 닫음), 〈공중캠프〉, 〈카페 언플러그드〉 등이 모두 이 곳에 있다. 물론 이곳들 말고도 공연 공간들이 꽤 있는데, 주로 하고 있는 음악 장르에 따라 익숙한 클럽이 다르다. 간혹 직장인 밴드를 하는 친구들을 따라가 보면 바로 옆인데도 전혀 모르던 곳인 경우도 있다.

라이브 공연 문화에 익숙지 않은 이들에게는 누가 주로 어디에서 공연을 하는지 등의 정보가 조금 낯설 수 있다. 무작정 홍대에 가면 볼 수 있는지, 공연장들은 대체 어디에 붙어 있는지 묻곤 한다(간혹 자신이 세상의 중심인 이들은, 왜 그리 홍보를 널리 안 하느냐고 불만을 표한다). 매일 밤 한 사람만 출연하는 라이브 카페처럼 생각했는지, 마침 홍대에 왔다며 내게 오늘은 어디에서 공연하고 있냐고 묻는 지인들도 있다.

물론 클럽 한 곳에서 오디션을 본 뒤 그곳을 중심으로 공연하는 팀들도 있지만, 이들도 매일 밤 하거나 특정 요일에 하는 게 아니라 일정표를 확인해야 한다. 더구나 나 같은 경우에는 외부에서 활동하며 친분이 있는 클럽의 기획 공연에 간간이 출연하는 편이라 더더욱 일정이 불규칙하다.

정확한 일정을 미리 확인하려면 라이브 클럽의 홈페이지, SNS 등에서 출연 스케줄을 확인하거나, 공연자 쪽에서

올리는 일정을 확인하는 편이 낫다.

라이브 클럽은 콘서트장과 달라 입장 방식도 별도의 예매 없이 30분 전에 입구에서 손목에 도장을 찍고 들어가면 되는 경우도 있고, 한 음악가의 콘서트보다는 서너 팀이 30분 정도씩 나누어 공연하는 경우가 많다. 클럽 시스템 자체가 지나가다 내키면 들어갈 수 있을 정도의 관람료와 분위기에 맞추어져 있다 보니, 한껏 작정하고 나온 사람들이나 깔끔한 인터넷 쇼핑에 익숙한 사람에게는 조금 허전하거나 체계가 없어 보일 수도 있다.

나 역시 마찬가지다. 몇 주 전부터 기획하고, 리허설 시간과 대기 시간을 분 단위로 체크하는 공연들을 하다 클럽에 가면 어리둥절할 때가 많다. 서로 모르는 팀들 사이에 불청객처럼 어색하게 끼어 있거나 어두운 객석에 관객들과 같이 앉아 있다 허둥지둥 무대로 나가기도 한다.

처음 홍대에서 공연했을 때의 낯설음은 더더욱 컸다. 앞서 말한 한 레이블의 음원 공모에 뽑혀 공연까지 하게 되었을 때는 아직 대학생이었는데, 으레 전철역 중심으로 서울을 다니던 지방 출신이 그렇듯 그곳이 홍대의 어디쯤인지 짐작조차 할 수 없었다. 다른 음악가들과 차를 타고 와 내린 곳이 지금은 사라진 〈쌈지 스페이스〉라는 곳이었다.

이곳 역시 앞서 말한 몇백 미터 반경 안이었는데, 그날 늦게 공연이 끝나고 버스는 끊긴 데다 도무지 어딘지 모르겠어서 택시로 겨우 집에 갔던 기억이 있다.

하지만 조금만 익숙해지면 어려울 건 없다. 극장 나들이에 부담이 없을 정도면 누구나 갈 수 있을 정도로 라이브 클럽도 별 게 없다. 처음 낯설 때야 나 이외의 모두가 한 집단인 것처럼 보이고, 돈을 냈는데도 왠지 남의 아지트에 온 것처럼 느껴지는 법이다. 지금은 홍대에 있는 〈클럽 빵〉이 이대 후문 쪽에 있었을 때 나도 물어물어 찾아갔었는데, 그 어두운 지하에서 나만 빼고 관객들까지 모두 아는 사람인 것 같아 눈치를 봤던 기억이 난다.

지금은 불금마다 광란의 밤이 펼쳐지는 지구, 즉 홍대 앞 놀이터에서 수노래방(지금은 분점이 많이 생겨 어디 수노래방인지 설명해야 되지만)에 이르는 길도 야외 공연하러 자주 가던 곳이었다. 밴드 멤버들과 그곳에서 종종 버스킹을 했었다. 그때는 우리가 동네의 주인공인 듯한 기분이었는데, 이제는 건물들도 모두 새로 들어섰고, 가끔 걷다 보면 홍대에 처음 구경 온 관광객이 된 느낌이다.

몰려가는 인파들이 무엇에 관심을 갖고 있고, 무엇을 먹으러 가는 건지 이제는 알 수가 없다. 새로운 사람들이 계속해서 예전의 공간을 새로운 방식으로 이용하고 있다.

이곳을 기반으로 음악을 해왔지만 휘황찬란한 간판들을 보면 이런 곳에서 활동하고 관심을 모은다는 일이 또다시 까마득하게 느껴질 때가 있다. 마치 처음 온 것처럼 말이다.

언제나 그렇듯 낯설고 막막한 곳의 한 귀퉁이에서 문을 두드리고, 그곳의 친절한 몇몇에 의해 어떤 문화의 중심부에 익숙해지고, 그곳을 떠났다 다시 돌아오면 모든 게 낯설고…… 그런 것이 문화의 순리인 것 같다. 그런 점에서 홍대는 매우 익숙하면서도 매번 낯선 곳이다.

참고로 지인 중에 홍대 앞에서 활동하는 음악가가 있다면, 무턱대고 찾아가 보기 전에 정말로 근처에 있는지 확인을 해보기 바란다. 국회의원이 꼭 여의도에 있는 것이 아니고, 안성기 씨가 꼭 충무로에만 있는 게 아니듯, 홍대 앞 음악가도 꼭 홍대에 있는 것은 아니다.

4

작업, 또 작업

INTRO Bass
D G#dim A G F#m7 Em D
D G#dim A G F#m7 Em D
A
D G#dim A G F#m7 Em D
D G#dim A G F#m7 Em D
B
C#7 F#m7 Em D
C#7 F#m7 Em A
A
D G#dim A G F#m7 Em D
D G#dim A G F#m7 Em D
D G A G D G A G
Solo
B - A

이래도 저래도 어차피 나

더위가 막 시작되던 어느 주말, 나는 시내 주상 복합 단지 1층의 카페에서 「SNS」란 곡의 〈나는〉을 〈그는〉으로 바꿀까 고민하고 있다. 사람들이 너무 내 얘기로 생각할 것 같아서다. 그러나 문제는 간단하지가 않다.

> 나는 SNS를 안 해서 그의 죽음을 모른 게
> 그는 SNS를 안 해서 그의 죽음을 모른 게

〈그〉로 바꾸면 그가 너무 많다. 글이라면 몰라도 노래에서는 헷갈릴 게 분명하다. 〈그녀는〉은 음절 수 자체가 꽤 다르고, 결국 무엇으로 바꾸든 나로 보는 건 어쩔 수 없다는 생각에 이른다.

〈자전적인 것〉으로 오해받는 것은 모든 창작자들의 숙명이다. 사실 내 얘기라고 한들 뭐가 달라지는 건가 싶지만 사람들은 작품에서 창작자의 인생을 읽고 싶어 하고, 〈나의 이야기〉라고 선언하는 것만으로 조금 더 진솔하게 여기기도 한다. 사실 난센스인 측면이 있다. 작품이란 항상 어느 정도 내 이야기이고, 어느 정도 내 이야기가 아닐 수밖에 없다. 같은 작업을 두고 이렇게 저렇게 이름을 붙이는 것뿐이다.

내 노래 중 「한결같은 사람」이라는 곡이 있다. 이 노래의 제목이 처음 언급된 건 오래전 단골 카페에서 선배 한 명이 내게(특히 옷 입은 걸 보고) 〈너 참 한결같다〉는 말을 했을 때였다. 〈네가 한결같은 사람이라는 제목으로 노래를 부르면 참 재밌겠다〉고 했던 것 같다. 굳이 그런 노래를 만들고 싶은 생각은 없었기에 듣고 흘렸다.

하지만 몇 달 뒤 그 카페의 주인을 모델로 노래를 만들며 〈한결같은 사람〉이라는 제목을 쓰게 되었다. 지금도 공연 때면 이 노래에는 모델이 따로 있다고 설명한다. 하지만 정작 이 〈한결같은〉이란 단어는 나를 소개하는 문구에 자주 쓰인다.

이건 마치 우리의 소통에서 주어란 별로 의미가 없는 듯한 느낌이다. 〈그래, 그러니까 그 이야기를 누가 했다고?〉 그 〈누가〉는 어차피 애초의 모델에서 벗어나 사람들의 상상에 따라 이리저리 뒤바뀌고 지워지는 것이다. 〈내 사전에 불가능이란 없다〉는 말도 우리가 아는 그 나폴레옹이 한 말이 아니라는 설이 있지 않은가(〈나폴레온 힐〉이라는 성공학 멘토가 한 말이라는 설이 있다).

이런 생각을 하며 어차피 나로 보일 거, 〈나는〉으로 두자는 쪽으로 생각이 기운다. 그 주인공이 누구이든 사람들이 듣는 것은 내 목소리이고, 보게 될 것은 내 모습이다. 그런 오해란 당연한 것인지도 모른다.

반면, 「결심」이라는 노래에서는 정반대의 경험을 한 적도 있다.

그녀는 집으로 돌아왔고 등 뒤로 문을 닫았지.

이 노래가 내 얘기냐는 말을 들어 본 적은 별로 없다. 허구로서 충분히 거리를 만들어 낸 셈인데 아마 성별 때문이 아닐까. 하지만 이것은 사실 내 얘기이다. 나는 10년 전에 비슷한 내 심정을 메모했었다. 그리고 시간이 아주 많이 흘러 그런 심정을 지니고 있을 만한 여성 캐릭터 한 명을 떠올렸다. 〈그녀〉는 완전히 허구이지만 후렴구의 〈언제나 진실된 구석에 앉아야 하는 걸〉이라고 깨달았던 것은 나이다.

이쯤 되면 소설가 플로베르가 했다는 말도 어느 정도 이해가 된다. 〈보바리 부인은 나다.〉

작품의 주인공이 꼭 작가인 것은 아니면서도 어느 정도 작가인 것은 다음과 같은 이유 때문이다. 창작자 역시 세상을 〈나〉로서 경험할 수밖에 없다. 일인칭을 쓰지 않더라도 어느 정도 내 관점에서 수집된, 내 관점에서 해석된 누군가이다. 하지만 수집되고 해석을 거쳤다는 점에서 〈실화〉로서 추론할 만한 나는 아닌 것이다.

내 또 다른 노래 「그가 들판에 나간 건」은 이렇게 시작된다.

> 그가 들판에 나간 건 마음이 어지러워서였고, 머리가 지끈지끈 아팠지.

이 구절을 처음 떠올린 것은 10년 전 배낭여행 중 머물렀던 공동체의 텃밭에서였다. 솔직히 그때 나는 노래 가사만큼 마음이 어지럽거나 머리가 지끈지끈 아프지는 않았다. 다만 다른 일을 하는 동안에도 어느 정도 〈작곡〉에 대해 생각하고 있는 나의 정체성에 대해 생각했다. 그리고 비슷한 고민을 하며 살아가고 있을 주변의 창작자들을 떠올렸다. 여행을 가서 뭔가를 써왔다며 들려주거나, 하나도 못 썼다고 토로하곤 하는 사람들.

나는 그들 모두를 버무려 하나의 캐릭터로 상상했다.

들판에 서서 떠오르지 않는 노래에 괴로워하는 사람. 누구보다 창작자들이 공감할 수 있는 감정이 아닐까 생각했다.

그때 밭 옆의 덤불에서 새들이 소란스레 지저귀고 있었는데, 나는 그 새들이 아이러니한 장면으로 딱 어울린다고 생각했다. 〈그러나 그때에도 새들은 노래하고 있었지〉는 노래의 코러스처럼 쓰였는데 정작 조금 연극적으로 보이는 이 부분은 실제 경험이었던 셈이다. 그날 그 새들은 정말 〈노래가 너무 잘되어요〉라고 약 올리듯 지저귀고 있었다.

곡이 발표되자 창작으로 고뇌하는 이미지는 내 것이 되었다. 심지어 이렇게 저렇게 하면 꽉 막힌 작업에서 한 걸음 나아갈 수 있지 않겠느냐는 조언도 들었고, 생활에 여백을 좀 가져 보라는 조언도 들었다.

거기에 대고 이건 사실 내 이야기가 아니었다고 설명할 수도 있었을 것이다. 하지만 그런 노래를 만들었다는 점에서 그건 어느 정도 내 영혼의 일부인 게 사실이었다.

결론은, 〈나는 SNS를 안 해서〉로 가기로 결정했다.

식탁에서의 작업

음악은 개념이 아니다. 직접 불러 보고, 연주해 보고, 들어 봐야 하는 구체적인 일이다. 오늘은 외부 일정이 없어 거실 식탁을 치워 놓고 기타 스탠드를 근처에 가져다 놓는다. 쓰다 만 가사가 든 폴더와 노트를 펼쳐 놓고 기타를 꺼내 온다.

나는 오랫동안 따로 작업실을 두지 않고 일해 왔다. 악기 연주자들이나 밴드들의 경우 방음 시설이 된 작업실이 없으면 힘들지만, 나 같은 경우 어느 정도 곡의 윤곽이 나오면 그때 가서 필요한 시설을 이용하고 그전에는 집에서 작업을 한다. 녹음 전까지는 기타를 치면서 낮게 두런거리는 게 대부분이기 때문이다.

그렇다고 작업이 잘되어 이러고 있는 것은 아니다. 작업실을 꾸리려면 적잖은 비용이 드니 아직까지는 과감한 투자보다 어느 정도 불편을 감수하는 쪽을 택하고 있는 것이다. 그사이 결혼도 하고 아이도 태어나고, 생활에 많은 변화가 있었다.

결혼과 육아가 작업에 지장을 주지 않느냐고들 궁금해하는데, 엄밀히 말해 아직 체험 결과가 나오지 않았다고 말하고 싶다. 1집은 결혼 전에 작업했고, 2집은 아이가 태어나기 전에 작업했다. 물론 아내가 산후조리원에 있을 때에도 녹음이 안 끝나 허둥지둥하던 기억이 나지만 비교적 막바지여서 겨우 마무리했다. 이번에야말로 비로소 결과가 나올 차례인데, 3집은 곡 쓰는 단계부터 온전히 결혼 생활, 육아와 함께 하고 있기 때문이다.

이런 와중에 작업을 집에서 하고 있지만, 다른 누군가에게 권하고 싶지는 않다. 그래도 요즘은 은효가 어린이집에 다니고 아내도 인근 도서관에 작업실이 생겨, 나만 게으름을 쫓으면 충분히 몇 시간의 작업 시간을 확보할 수 있다. 아이를 낳기 전에 아내가 앞으로 작업이 가능할까라고 묻기에 별 지장이 없을 거라고 장담한 적이 있다. 나는 녹음 전까지 수첩에 끄적거리는 시간이 더 많으니 아이를 보며 머릿속으로는 구상을 하고 손으로는 가끔 메모나 하면 된다고 생각했다. 어찌 그리 철모르는 생각을 했었을까.

오늘은 기타를 안고 먼저 쓴 소절들을 불러 보며 다음

소절이 떠오르기를 기다린다. 미완성된 부분들이 떠오르기를 기다리는 것은 지루한 일이다. 그렇다고 카페에 가서 서류를 작성하거나 메일을 보내는 일처럼 진척이 확실한 일부터 한다면 곡 쓰기는 한없이 미루어질 것이다. 오늘은 진득이 버텨 보기로 한다.

보통 낮 시간은 무한정 반복하며 몰입하기에 방해 요인이 많다. 그래서 이미 시작된 가사를 수없이 다듬는 건 밤에 하기도 한다. 음악가들마다 습성이 다른데, 나는 집중해서 뭔가 만들어 내는 것은 오전에서 정오쯤 하는 편이다. 밤에는 새로운 것보다는 추가적인 작업들, 반복적인 작업들을 한다.

그러나 지금은 곡들을 그만 마무리 지어야 할 때였고, 낮인지 밤인지 가릴 때가 아니었다. 낮의 일과에 정면으로 맞서야 할 때였다. 식사 시간, 짐을 챙겨 연습이나 리허설에 갈 시간, 어린이집에 은효를 데리러 갈 시간, 무언가를 결정해 메일로 발송해야 할 시간.

창작의 가장 큰 적은 초조함인 것 같다. 마감을 앞두었을 때의 극단적인 초조함이 없던 힘까지 내게 한다면, 평상시의 자잘한 초조함은 서서히 기진맥진하게 한다. 앨범을 완성하는 작업은 많은 부분 자발적이고 장기적인 일이다.

반면 일상 속 대부분의 일은 짤막한 단위의 의무 안에서 이루어진다. 기획자에게 셋리스트를 보내는 일이든, 공과금을 내거나 누군가를 만나고 오는 일이든 시간이 지나면 깔끔히 끝난다. 하지만 작업은 언제나 미제 상태로 남아 끝나지 않는다.

많은 창작자들이 이 추상적이고 끝없는 작업을 통제하려고 나름의 방식을 정해 왔는데, 작곡가 필립 글래스 같은 경우에는 고통스러운 훈련을 통해, 정해 둔 시간에는 무슨 일이 있어도 작업을 하고 그 외의 시간에는 영감이 떠올라도 작업하지 않는 습관을 들였다고 한다. 백분 이해가 되는 말이다. 그렇게 하지 않으면 창작자는 소진되기 쉽다. 결코 완성되지 않는 작업에 끌려가며 거의 모든 시간에 시도와 실망을 반복하기 때문이다.

아무 일도 없고, 초조함도 없고, 자신의 리듬에 따라 정신이 맑고 또렷할 때만 작업을 한다는 게 가능하기나 할까? 말이 음유 시인이지 우리 싱어송라이터들 중 정말 자유로운 영혼처럼 살고 있는 사람들은 거의 없다. 그런데도 영감은 구름과도 같아 잡힐 듯 말 듯 계속 다른 모양으로 흘러간다. 온종일 하늘을 보게 만들지만, 잠깐 보나 종일 보나 큰 차이가 없는 구름.

후배 한 명이 그런 질문을 한 적이 있다. 혹시 책상에 앉아 곡을 쓰기도 하냐고. 뭘 물어보려는지 알 것 같았다. 음악이 〈일〉이 되어 갈수록 점점 억지로 앉아 작업을 해야 할 일이 많아지는데, 이런 게 과연 예술인가 거부감이 드는 것이다. 전에는 떠오를 때만 작업했지만 요즘엔 책상 앞에 앉아 고민할 때도 많다고 대답했다. 시간이 더 많던 시절에는 나도 돌아다니며 우연에 맡기며 곡을 썼다. 하지만 지금은 그렇게 내키는 대로만 쓸 수 없다는 것을 안다.

몇 줄의 가사를 일단 마무리 지었다. 매일 이만큼이라도 꾸준히 진척이 있으면 좋겠다고 생각해 본다. 일정표에는 점점이 공연이 잡혀 있고, 써둔 7~8곡의 곡들이 입을 벌린 물고기처럼 자신들을 열어 놓고 있다. 각각이 어떻게 완성될지도 모르겠고, 서로가 어떻게 연결될지도 모르겠다. 한 곡 한 곡 완성해 갈 때인데 생각이 자꾸 앨범 전체의 그림이나 곡 순서에 대한 고민으로 앞서간다.

이제 방으로 작업한 것을 들고 와 책상 위에 펼쳐 놓고, 추가된 가사로 스케치 녹음을 해보기로 한다. 책상에는 간단한 데모 녹음을 할 수 있을 정도의 장비가 갖추어져 있다. 노트북을 열고 헤드폰을 쓰고 몇 번 불러 본다. 스케치일 뿐인데, 맘에 안 든단 생각이 들기 시작해 열 번 넘게 다시 부른다.

이렇게 녹음을 하고 있으면 똑같은 기타 연주를 수십 번씩 다시 하거나 같은 노래를 수없이 반복하던 순간들이 떠오른다. 더운 날씨에 귀에 땀이 차도록 두툼한 헤드폰을 쓰고 있다가 도저히 더는 못 쓰고 있겠어서 눈이 퀭해진 채 거실로 나오던 날들. 그게 꼭 좋은 방법은 아니지만, 그래도 그렇게 작업하는 데서 오는 에너지와 보람이 있다.

녹음한 것은 밤에 다시 들어 보기로 하고, 기분이 적당히 좋은 시점에 마무리하기로 한다. 오늘은 제때 점심을 먹을 것이다. 수첩에는 뭔가 했다고 하기도 부끄러운 작업량을 적어 둔다. 〈○월 ○일, ○곡의 2절 추가.〉 이건 작업의 의욕을 위해서다. 그래도 오늘 뭔가 하기는 했다는 기록.

도대체 작업이 무엇이기에

하루쯤 작업을 안 한다고 몸이 아프거나 입안에 가시가 돋는 것은 아니다. 하지만 작업을 못 한 날에는 작업이란 것이 내게 무엇인지를 알게 된다.

한마디로 그것은 〈가장 보람 있는 일〉이다. 한 소절이라도 썼다면 좀 놀아도 죄책감이 들지 않는다. 모처럼 눈이 벌게지도록 녹음을 하고 왔다 해도 그다지 기분 나쁜 피로감이 아니다. 하지만 별 성과 없이 하루해가 질 때면 그처럼 허망한 것이 없다.

특히 우리 부부는 둘 다 작업을 하는 데다 육아로 시간이 충분치 않다 보니 공감하는 점이 있다. 우리가 마치 작업할 틈을 노리는 맹수처럼 살고 있다는 것. 정작 틈이 생겨도 전부 작업으로 채우는 것도 아니면서, 언제 날지 모를 작업 시간을 기다리며 강박에 사로잡혀 있다.

세상에는 짬이 날 때마다 뭔가를 해 거대한 것을 이룬 사람들도 많고, 그런 습관에 대한 책들도 많다. 내가 아무리 작업 시간이 모자란다 해도 자투리 시간을 끌어모으면 꽤 될 테고, 그 시간을 온전히 활용해 왔다면 꽤 많은 작업을 했을 것이다. 하지만 그러지 못했다.

적잖은 시간을 워밍업만 하다 날려 보내거나, 차라리 하루쯤 머리를 비우고 쉴 걸 그랬나 싶게 작업 태세만 갖춘 채 〈불완전 연소〉했던 날들도 많았다. 불도 안 붙고 안 좋은 연기만 풀풀 나던 그런 날들. 게다가 힘든 건 그런 날들마저 불규칙했다는 것이다.

곡이라는 것이 몇 단위로 쪼개어지고, 진행표에 적을 수 있고, 착수할 때마다 진척이 있다면 조금씩 꾸준히 진행할 수 있을 것이다. 물론 거의 완성된 곡은 나름의 구조가 생겨 오늘은 1절, 내일은 2절 그런 식으로 나눌 수도 있지만, 스케치 단계의 곡은 뭐가 될지 모를 모호한 덩어리로 좀처럼 움직이지 않을 때가 많다.

게다가 작업 시간이 매번 다르면 매번 욕구만 작업 모드일 뿐 정신은 작업 모드가 아닌 경우도 많다. 아마 직장에 다니며 음악 작업을 병행하려다 단념한 사람이라면 이 점을 잘 이해할 것이다. 욕구는 있지만 정신이 모아지지 않는 그런 상태를.

나의 세대		pc	멜로디만 스케치
겸			
책과 음반		pc	원트랙 스케치
조건없는 만남		pc	1절 스케치
그는 긴 한숨		pc	
흘러간다		pc	
공원인터뷰		pc	
깨어있는 음악		mac	1절 스케치
쉬운 예언		mac	1절 스케치
자작나무		mac	
전야			
걷다보면			
파시스트 테스트		mac-L	스케치
계단		mac-L	
모니터		mac-Q	

작업 진행표. 아직 제목들이 미완성이다.

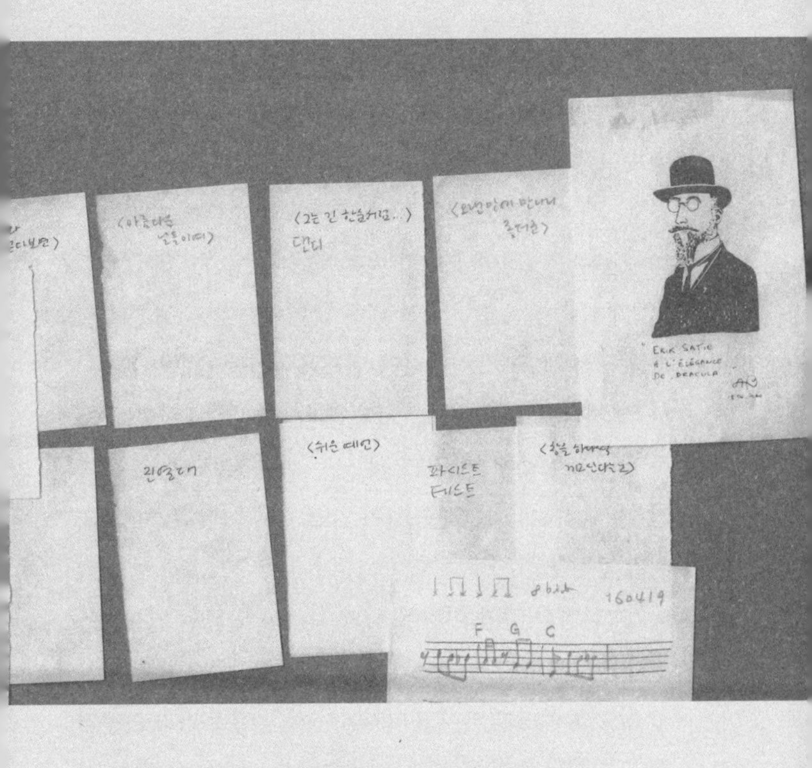

○
작업 구상을 위한 포스트잇. 이리저리 순서를 바꿔 가며 앨범의 밑그림을 상상한다. 캐리커처는 앨범에 영향을 준 작곡가 에릭 사티.

이런 생각을 하다 보면 작업이란 것이 대체 무엇이기에 그렇게 나를 꾸준히도 당기는가 생각하게 된다. 일종의 소명인가? 끝없는 욕망인가?

솔직히 세상이 요구하는 작업량은 그렇게 많지 않다. 2년에 정규 앨범을 한 장씩 낸다 해도 꽤 부지런한 축에 드니, 한 장에 12곡씩 싣는다면 두 달에 한 곡을 쓰면 될 것이다. 하지만 실제의 나는 300곡을 쓸 태세로 매번 매진해, 두 달이 지나도록 아무것도 못 쓰는 패턴을 반복한다. 게다가 이런 착수 작업이라도 하지 않으면 하루의 보람이 채워지지 않는다.

그러면서 점점 이것이 나의 자아와 연관된 일이라는 생각을 하게 된다. 창작자가 아닌 어떤 사람들은 이것이 돈이 될 가능성이 있거나 재미있어서 하는 일일 거라고 생각한다. 그러나 돈이 될 가능성도 재미있는 순간도 매우 잠깐이고, 또 드물다. 나머지 시간은 쉬지도 않는 이놈의 자아와 씨름할 뿐이다.

아내와 나는 이상하게 한 사람의 작업이 잘 풀리면 다른 쪽이 슬럼프고, 한 사람이 지지부진하면 다른 쪽이 승승장구라는 걸 깨달았다. 서로 〈복을 가져간 것〉이라고 우리끼리 농담하지만 실제로 서로의 자아가 2인분이 채 안 되는 한 집안의 에너지를 교대로 가져다 쓰고 있어서 그런 것인지 모른다.

마감을 끝내고 가볍게 한숨 돌린 쪽이 다른 쪽을 격려한다. 하지만 매우 형식적인 격려가 될 뿐이다. 작업이 안 되면 가족이라도 위로가 안 될 정도로, 작업은 자아의 문제니까.

마감을 앞둔 아내에게 물어보았다. 「내가 당신 책 일부를 쓴다면 당신 마음이 편해지겠어?」, 「아니. 내가 당신 음반을 대신 녹음한다고 생각해 봐. 마음 편하겠어?」 「아니.」

을지로 13층에서의 작업

앨범과 앨범 사이의 간격은 2년 정도가 적당하다고들 한다. 홍보 면에서 그렇다는 것인데, 2년을 넘기면 너무 탄력이 떨어진다는 얘기다. 이것도 정규 앨범 얘기이지 수시로 싱글, 미니앨범으로 존재감을 알려야 하는 것이 지금의 음악 시장이다.

내 지난 앨범은 2013년에 나왔으니 홍보의 탄력 같은 것은 예전에 떨어졌고, 한 가지 억울한 점이 있다면 충분히 게으름을 피우지도 못했다는 것이다. 계속 공연을 해온 데다 중간중간 녹음에 들어가는 줄 알고 박차를 가하던 시기가 몇 차례 있었다. 작년 연말이 특히 그랬는데, 연초에 곧바로 녹음에 들어갈 줄 알고 그만 구상을 마무리 짓고 편곡에 들어가야 한다는 생각에 쫓기고 있었다.

생활은 어수선하기만 했다. 이런저런 약속된 공연들에다 몇 년 전 손댔던 번역 일까지 마감이 겹쳤다. 꾸역꾸역 작업을 이어갔지만 혹시 내가 하루에 할 일을 일주일, 한 달로 늘여 하고 있는 게 아닌가 하는 회의감이 들었다.

언젠가 아내에게 앨범 작업이 위기에 몰리면 2박 3일 정도 어디를 좀 다녀오겠다고 허락을 구했는데, 아무래도 그 카드를 써야 할 때인 것 같았다. 도무지 완성되지 않는 두 곡이 속삭였다. 〈어디 가서 마음의 심연을 좀 들여다보라고.〉

전부터 막연히 지방을 돌며 작곡을 해보고 싶다는 생각이 있었다. 그리 어려운 계획도 아니었건만 난 항상 서울에서의 일을 과감히 놓지 못했고, 아이가 태어나자 망설임은 더 커졌다. 지방 공연 때도 종종 집을 비우기 때문에 추가로 2박 3일을 비우려면 아내의 허가가 필요했다. 나는 집 밖에서 작업을 하려면 뭘 가져가야 하나 생각해 보았다. 잠은 모텔이면 충분했다. 사람들로부터 벗어나는 것이 목적이니 지인의 집이나 레지던시 같은 것은 생각지도 않았다.

곧, 연말이 엄청난 속도로 다가왔고 나는 그 2박 3일조차 못 낸 채 여전히 허우적대고 있었다. 일정이 매일 있는 것은 아니었지만 2~3일 간격으로는 자리를 지켜야 하는 일이 이어졌다. 아내는 곧 갈 것 같더니만 왜 저렇게 앉아 있나 하는 눈치였다.

계획은 점점 축소되고 복잡해졌다. 한 나절씩 가야 하는 곳이면 오고 가는 시간이 전부일 것 같았고, 서울 근교를 생각하니 딱히 떠오르는 곳이 없었다. 밴드를 결성하던 무렵 살았던 성남의 옛 동네에 가볼까도 생각했다. 하지만 동네만 둘러보다 오는 게 아닌가 걱정이 되었다.

출발 전날 밤. 계획은 서울 한복판으로 줄어들었다. 검색을 해보다 할인 중인 저렴한 호텔들이 있다는 것을 알게 되었고, 새벽 2시쯤 을지로의 한 곳을 예약했다. 한창 힙한 공간들이 생겨나고 있는 곳이란 생각은 하지도 못했다. 그저 사진으로 본 객실의 책상 겸 화장대가 녹음 장비를 설치하기에 좋을 것 같아 선택했다. 낡은 도심의 느낌도 비장한 고립감에 일조할 것 같았다. 한류 관광객이 가득한 신축 호텔에서 옆방 눈치 보며 기타를 치는 것보다는 좀 낡았어도 한적한 호텔 쪽이 나을 것이다. 캐리어에 준비물들을 챙겼다.

맥북, 마이크, 헤드폰, 오디오 카드(도시락 크기), 각종 케이블, 미니 키보드(작지만 캐리어 밖으로 튀어나오는), 악보와 노트, 양말 두 켤레 등등.

다음 날, 어린이집에 가는 은효와 미리 인사를 했고 점심 무렵 아내의 배웅을 받고 출발했다. 아내는 미안해하지 말라고 했다. 자기도 곧 따로 한번 호텔을 잡을 거라고.

1시간 뒤, 나는 캐리어를 질질 끌고 을지로 3가에 도착했다. 서둘러 점심부터 먹고 와 화장대 위에 세팅을 하고 나니 이제 시작이구나 싶었다. 노트북 덮개를 여니 은효가 보던 「옥토넛 탐험대」가 떠 있어 애잔한 기분이 들었다.

확실히 성과를 내서 가야 한다는 생각에 곧바로 작업에 돌입했다. 몇 시간 뒤, 만족할 만큼은 아니었지만 두 곡의 일부를 진전시켰다. 마이크 스탠드가 없는 게 흠이었지만, 대강 화장대에 걸쳐 놓고 기타를 치니 괜찮았다.

녹음한 것을 헤드폰으로 들으며 노을이 지는 을지로를 내려다보았다. 13층에서 보이는 것이라고는 멀리 도시의 모습과 바로 옆 빌딩에 입주한 사무실 한 곳뿐이었다. 퇴근하지 않은 직원들이 책상 주위를 열심히 돌아다니고 있었고, 뭐라 형언할 수 없는 묘한 기분이 들며 문득 이곳에 온 것은 바로 이런 기분을 얻기 위한 것이었나 보다 싶어졌다.

보통 첫 앨범에는 순전히 작업에 쓴 시간 외에도 무수한 방황의 시간이 배경처럼 담겨 있다. 그리고 그것이 첫 앨범만의 아우라를 만든다. 하지만 한 장, 한 장 경험이 쌓이고 작업의 공정에 익숙해지다 보면 모든 것을 효율적으로 깔끔하게 처리하고 싶어진다. 그럼에도 막상 작업을 해

보면 어떻게든 한 번씩 고비가 왔고, 결국에는 일정량의 정체된 시간이 항상 필요한 것인가 싶은 생각이 들었다. 고독하고, 애잔한, 인생의 외톨이 같은 시간들.

이튿날 오전. 진행된 작업량을 들여다보고 있으니 그만 쉬고, 나머지는 집에 가서 해도 될 것 같은 유혹이 들었다. 하지만 이번이 마지막이라는 생각으로 마음을 다잡았다. 아이디어만 있던 한 곡의 가사를 적은 다음 멜로디까지 붙여 버렸다. 확신이 안 드는 멜로디였지만 일단 녹음해 둔 뒤, 점심을 먹고 와서 들어 보기로 했다.

미세먼지가 가득한 도심에서 무수한 조명 기구와 각종 설비, 베어링, 볼트, 컴프레서, 미싱기 옆을 걷고 있으니 2박 3일은 너무 짧구나 싶었다. 이제 들어가서 작업하면 내일은 체크아웃이었다. 게다가 몇 년 새 몸이 집과 가정에 완전히 적응되었는지 서울 시내에서 집이 아닌 숙소로 간다는 게 홀가분하기는커녕 초라한 기분이 들었다. 식당들이 워낙 거리가 있어 저녁은 간단히 사 가지고 와서 해결하기로 했고, 대신 보상으로 와인 한 병을 샀다.

방에 오니 문고리에 카드가 걸려 있었다. 〈방해하지 마세요〉 표시등을 켜두었더니 정말 청소가 필요하지 않은지 확인하는 메모였다. 체크아웃 후 해주시면 된다고 메모를 남겼다. 어차피 계속 방에 있는 데다 여기저기 장비를 펼쳐 놓은 꼴이 누가 보면 딱 기타 치는 간첩이라고 생각할 법한 분위기였기 때문이다. 전파 수신기처럼 보이는 오디오 카드와 헤드폰, 청소하지 말라는 두 차례의 요구.

낮에 해두고 간 작업을 들어 본 나는 꽤 의기양양해졌다. 어쩌면 6개월 동안 지지부진했던 작업의 한 부분을 완성하고 나갈지도 모르겠다는 기대감이 들었다. 밤까지 작업에 박차를 가했고 마침내 축배를 들 즈음에는 아주 흔한 실수, 오프너가 없다는 걸 깨달았다. 자정 넘어 프런트에서 오프너를 겨우 얻었지만 이미 몸은 피곤했고, 반은 억지로 작업의 성과를 기념했다.

이것은 모두 지난겨울의 이야기이다. 그때 그렇게 프로듀서에게 곡들을 넘겼는데도 아직 작업을 하고 있는 것은 뭔가 싶다. 역시 인생에는 완성이란 없고 마감만이 있는 것인가?

그래도 그때 을지로에서 얻은 것이 있다면, 작업에 필수적인 〈통과 의례〉의 시간이 아니었을까 싶다. 일상을 전혀 놓지 않고 앨범을 마무리해 보려던 내게 한 번쯤 필요했던 시간. 어린 시절처럼 종일 내킬 때 뭔가를 하고 시들해지면 뒹굴면 되는 시간. 현실의 예술가에게 주어지지 않는 시간.

무엇보다 앨범이 나오면 몇몇 곡에서 혼자 을지로의 13층을 떠올릴 수 있을 것 같아 든든하다.

음반 진열대 앞에서

나는 매장에서 책이나 음반을 둘러보는 것을 좋아한다. 그저 문학과 음악을 좋아한다는 말로는 설명할 수가 없는데, 진열된 것 자체를 좋아하기 때문이다. 음반이 책상 위에 덜렁 한 장 놓여 있다면 진열대에 꽂혀 있는 것만큼 관심이 안 갈 것이다. 반면 누군가 상자에 아무 서류나 가득 담아 집 앞에 내어 놓는다면 나는 아마 유심히 들여다볼 것이다.

음반점에는 고등학교 2, 3학년부터 20대 중반까지 많이 간 것 같은데, 주로 테이프를 구입하다 CD로 넘어갔다. 내가 살던 지방 소도시에는 음반점이 두 곳 있었다. 가끔, 예전에는 정말 음반점에서 히트곡 모음을 만들어서 손님에게 주었냐고 묻는 사람도 있는데, 사실이다. 저작권에 대한 개념이 희박할 때라 음반점 주인(보통 예전에 음악을 했었다는 희미한 소문이 있는)이 들을 만한 곡들을 테이프 하나에 편집 녹음해 단골에게 서비스로 주는 경우가 있었다.

시내에 갈 때면 항상 그 두 곳에 들러 진열대를 처음부터 끝까지 전부 훑어보았다. A로 시작하는 아바ABBA나 에어로스미스Aerosmith부터 시작해 노란 라벨의 도이치그라모폰 클래식 테이프까지 목이 마르도록 올려다보는 것이다. 그리고 얼마 후 와서 또 그 일을 반복했다.

보는 것 자체가 즐거움이었기 때문에 주인에게 뭐가 어디 있느냐고 물어보는 일은 절대 없었다. 문을 열고 들어와 곧장 카운터의 주인에게 찾는 음반을 묻는 사람은 같은 공간에 있을 뿐 나와는 전혀 다른 세계의 사람이었다.

그때는 친구에게 빌린 〈무슨 무슨 100대 명반〉 류의 책도 꽤나 탐독했기 때문에 거기에서 본 고전 음반을 실물로 보는 것도 큰 즐거움이었다. 항상 입고되길 기다리던 음반 중에는 「노위전 우드Norwegian Wood」가 들어 있는 비틀스의 「러버 소울Rubber Soul」도 있었다. 다른 앨범은 다 있는데 유독 그 음반만 들어오지 않았다. 주문을 할 수도 있었을 텐데 그때는 그냥 그렇게 기다렸던 것 같다. 찾는 것이 목적이 아니라 조금씩 바뀌는 목록을 훑어보는 게 즐거웠으니까. 그 음반은 나중에 서울에 올라와서야 처음 보았다.

어머니 말씀에 의하면 어릴 적 이웃집에 데려가면 그렇게 서랍을 뒤적였다는데, 아무래도 그 서랍이 음반 진열대와 책꽂이로 바뀐 게 아닐까 싶다.

청소년기에 밴드를 했거나 실용 음악을 전공한 사람들은 으레 그쪽에서 연습하는 곡들 위주로 음악 지식을 갖추는 경우가 많다. 나에게는 이렇게 음반을 둘러보는 게 공부였다.

지금도 그렇지만 진열대를 일 삼아 둘러보는 것만큼 한 분야의 윤곽을 아는 데 좋은 것이 없다고 생각한다. 좋아하는 것들을 매번 확인하고, 관심 없는 것들을 매번 지나치다 보면 취향이 다듬어진다. 그렇게 형성된 취향을 기반으로 진열대에 꽂아 넣을 자기 음반 한 장을 더 만들게 되는 것이다.

항상 하는 생각이지만 세상에 이렇게 음반이 많은데 여기에 한 장을 더 얹고 싶은 욕구는 뭘까 싶다. 직접 만들어 봐야 성미가 풀리는 걸까? 아니면 그렇게 사랑하는 것들 사이에도 빈틈은 있는 걸까.

진열대에 내 음반이 꽂혀 있는 것을 처음 보았을 때의 기억이 어땠었나 싶다. 밴드에서 첫 음반을 냈을 무렵, 공연하러 간 부산 남포동의 한 음반 가게에 다 같이 들러 우리 음반이 있나 확인했던 기억이 난다. 주인에게 우리 음반이라고 자랑도 했던 것 같다. 주인은 뭐라 생각했었을까. 〈아, 그렇군요.〉 그 이상은 아니었을 것 같다.

요즘 자주 가는 중고 음반 코너에도 그 음반이 있다. 몇 달째 꽂혀 있는 깨끗한 상태의 중고 「캐비닛 싱얼롱즈 1집」. 조금 간격을 두고 지인들의 음반도 보인다. 그중에는 더 이상 활동하지 않는 사람들도 있고, 〈아, 이런 팀도 있었지〉 싶게 까마득한 음반들도 있다. 레이블 일을 했을 때 작업실에서 포장을 같이 했던 음반도 있고, 내가 보도 자료를 쓴 음반도 있다. 마음 같아서는 매장에서 오랜만에 당신들 음반을 봤다며 안부를 전하고 싶은데, 본인들에게도 반가울 일인지는 모르겠다.

진열대를 훑어보며 깨닫게 되는 것은 좋아하는 음반의 힘이란 정말 대단하다는 것이다. 뻔히 아는데도 다시 꺼내 보게 되고, 거기 두기 아깝다는 생각까지 드는 경우도 있다. 어떤 음반은 친구에게 테이프로 빌려 복사하고, 웹에 있는 이미지를 출력해 가짜 커버까지 만들었던 것도 있다. 그 음반을 20년 만에 구입해 실물로 소장하며 내가 어떤 물건을 이렇게까지 좋아했던 적이 있었나 생각해 보게 된다.

앨범 만드는 일에 대한 생각이 뒤엉킬 때면, 그렇게 좋아했던 음반들의 이미지를 떠올려 본다. 내가 그 음반의 어떤 점을 좋아했던 것인지 분석해 보며 막연했던 것이 정리되기도 한다. 한 음반을 가득 채웠다고 생각했던 이미지가 앞쪽의 단 몇 곡이 만들어 낸 이미지라는 걸 발견하기도 하고, 내가 주로 흑백이나 검은 색감의 음반들을 좋아했다는 것도 깨닫게 된다. 그러면서 대중적인 것도 좋지만 최소한 내가 좋아하는 것들로 이번 앨범을 가득 채워 봐야지, 욕심을 내보기도 한다.

이렇게 두리번거리다 팬을 만난 적도 있고 음반 평론가를 만난 적도 있다. 그럴 때면 왠지 쑥스러워 어서 볼일을 보라는 듯 서로 허둥지둥 인사를 나눈다. 오늘은 마니아로 보이는 사람이 앞에 버티고 서 있다. 곁에 누가 있건 말건 바짝 달라붙어 빠르게 훑는 모습이 마니아다. 다행히 나와 취향이 겹치는 것 같진 않다. 그가 고른 뒤에도 내 취향의 음반들은 남아 있을 것이다.

〈어, CD가 다 있네〉 하며 추억의 유물을 보듯 지나가는 커플도 있고, 히잡을 쓰고 K-POP 코너 앞에 서 있는 사람들도 있다. 그 틈에서 음반을 고른다. 고2 때와 달라진 게 뭔가 싶다. 그렇게 꿈꾸던 〈내 음반 만드는 일〉을 기말고사처럼 여기며 CD를 고르고 있다니. 뭔가를 뒤적인다는 것은 그렇게 매력적이고 중독적인 일이다.

그래서인지 뒤적일 공간들이 줄어든다는 것은 아쉬운 일이다. 전국의 음반점은 거의 찾아볼 수도 없게 되었다. 진열대가 줄어든 시대에는 누가 또 어떤 마음속의 진열대 속에서 음악을 꿈꾸고 있을까.

〈진열대〉라는 제목으로 메모를 하나 남겼다.

난 음반점 안에서 CD를 들여다봤지 / 뭔가 있을 것 같아 입이 바짝 마르고 /그런데 갑자기 진열대를 치우네 / 난 바로 옆 진열대로 옮겨 갔지 / 그런데 그쪽 진열대도 치워 버리네 / 나는 반대쪽 진열대로 걸어갔지

결국 앨범에는 쓰이지 않았지만, 이 메모에 붙였던 멜로디는 「계약서」라는 노래를 만들 때 참고가 되었다.

조지 윈스턴과 영향의 복잡함

대중음악의 세계에서 영향받은 것을 말한다는 것은 나이나 고향을 말하는 것과 같다. 일시에 너무 많은 것을 규정해 버리기 때문이다. 영화 「커미트먼트The Commitments」를 보면, 밴드 멤버를 뽑기 위해 영향받은 음악가를 묻는 장면이 나오는데, 〈누구〉 이렇게 말하는 순간 문이 쾅 닫힌다.

이 글은 밴드 지원서가 아니니 영향받은 음악가 한 명을 속 시원히 털어놓아 볼까 한다. 영향이라는 것이 한마디로 말하기에는 생각보다 길고 복잡하다는 것을 설명하기 위해서인데(소심해지니 설명이 길어지고 있다), 그러니까 솔직히 말하면 나는 〈조지 윈스턴〉에게 약간의 영향을 받았다. 우리가 아는 그 〈피아니스트 조지 윈스턴〉 말이다.

누군가는 곧바로 서정적인 감수성의 연주곡들과 〈뉴에이지는 악마의 음악 아냐?〉라는 일부 기독교인 사이에서의 속설을 떠올릴지 모른다. 또 누군가는 내 곡 어딘가에서 역시 〈「캐논 변주곡」의 냄새〉를 맡았었다며 끄덕일지 모른다. 하지만 영향이란 것이, 그렇게 간단치가 않다.

중학교에 다니던 무렵 내 주위에 조지 윈스턴을 치는 것이 살짝 유행했었다. 클래식에 비해 접근하기 쉬운 데다 섬세하고 이미지가 선명하게 그려지는 곡들이 그 또래 아이들의 마음 한구석에 다가가는 측면이 있어서가 아니었을까 싶다. 헤비메탈을 좋아하는 친구도 방에서는 피아노로 조지 윈스턴을 치곤했다(다들 일렉 기타는 못 쳤기 때문). 심지어 누군가 강당에서 「캐논 변주곡」을 끝까지 한 번도 안 틀리고 치고 있다고 해 구경을 간 적도 있었다.

이후 록 음악에 심취하며 조지 윈스턴 〈따위〉는 내 취향의 목록에서 제외되었다. 수차례 내한 공연을 했을 때에도 이미 관심 밖이었다. 하지만 그에게서 받은 영향은 아주 긴 시간을 돌고 돌아 내게 다른 모습으로 나타나게 된다. 특히, 〈어 이건 뭐지?〉 싶은 그의 앨범 두 장을 통해서.

우선은 밴드 〈더 도어스The Doors〉의 곡들을 편곡, 연주한 「나이트 디바이즈 더 데이Night Divides the Day」(2012년) 앨범이었다. 조지 윈스턴 때문이 아니라 도어스 때문에 집어 들었었는데, 조지 윈스턴의 도어스라니 〈이 사람 조금 특이한 구석이 있다〉고 생각했다. 사실, 그건 내가 고교 시절 상상했던 음반이었다. 피아노로 치는 도어스. 10대 후반에 나는 록을 연주해 보고 싶은 갈망을 피아노로 풀어 보곤 했는데, 특히 도어스의 건반 주자 레이 만자렉이 치는 오르간 반주를 비슷하게 쳐보려고 꽤나 노력했었다. 조지 윈스턴도 나와 비슷한 관심사가 있었다니, 신기한 일이었다.

얼마 뒤 나는 그가 만화 「피너츠」의 곡들을 연주한 좀 더 이전 앨범 「라이너스 앤 루시Linus & Lucy」(1996년)도 들어 보게 되었다. 「피너츠」 원곡을 잘 몰랐던 터라 이 솔로 피아노 음반으로 처음 곡들을 접하게 되었고, 특히 수록곡 「스케이팅Skating」은 겨울 정경이 잘 그려지는 곡이라 귀에 남았다. 그 뒤 까맣게 잊고 지내다가 거의 20년이 지난 얼마 전에 조지 윈스턴은 다시 내 관심 범위 안에 들어오게 된다.

앨범 작업을 하던 어느 밤 「피너츠」 곡들의 원작자인 빈스 과랄디의 연주를 찾아 듣게 되었는데, 즉시 반하고 말았다. 미국 서부 해안에서 비교적 소박하게 활동했던 이 재즈 피아니스트는 정작 정통 재즈 음반보다는 우연히 맡게 된 「피너츠」 시리즈(정확히 말하면 만화 원작자 찰스 슐츠의 다큐 음악)로 국민적인 사랑을 받았고 47세에 심장마비로 사망했다.

이 피아니스트의 연주와 녹음에는 얼핏 단순하면서도 내가 좋아하는 것들을 압축해 놓은 듯한 무언가가 있었다(그게 뭔지 설명하긴 힘들었지만 새 앨범의 편곡에 참고할 곡으로 포함시켰다). 나는 유튜브에서 빈스 과랄디의 생전 연주와 작업실을 구경했고, 곧 중고 음반 코너에서 「피너츠」 시리즈 음반들과 조지 윈스턴의 빈스 과랄디 연주곡 2집인 「러브 윌 컴Love Will Come」까지 구입하기에 이르렀다. 그리고 그 속지 해설에서 모르던 사실을 하나를 더 알게 되었다.

우리가 아는 뉴에이지풍의 곡들을 쓰고 연주하기 전 조지 윈스턴은 피아니스트 패츠 월러를 동경하던 소년이었다. 패츠 월러라니. 그가 작곡한 「허니서클 로즈Honey Suckle Rose」, 「에인트 미스비헤이빙Ain't Misbehavin'」을 밴드에서 연주한 적도 있는 데다, 도대체 어떻게 치는 것인지 모를 그 화려한 주법이 궁금해 한때 열심히 듣기도 했던 피아니스트였다. 심지어 악보와 연주 기법에 대한 책까지 사 보았었는데, 곡예에 가까운 음의 도약(오죽하면 주법 이름이 성큼성큼 걷는다는 뜻의 〈스트라이드stride 스타일〉이다)과 복잡한 화음까지 아무나 칠 수 있는 연주가 아니라는 것을 알고 포기했었다.

그런데 흥미롭게도 조지 윈스턴 역시 도저히 패츠 월러처럼 될 수 없어 절망한 적이 있었다. 그는 결국 방향을 전환해 공통점이라고는 없어 보이는 뉴에이지 스타일로 성공했고, 훗날 몇몇 앨범에 기어코 패츠 월러풍의 곡들을 넣고 말았다. 〈드디어 이 정도 칠 수 있게 되었습니다, 패츠 월러 선생님!〉 하는 마음 아니었을까?

그는 이어서 〈빈스 과랄디의 영향〉을 설명하기 위해 자신이 처음 TV에서 「피너츠」 음악을 들었던 때를 회상했다. 또 재즈 오르간 음반을 모으다 도어스를 알게 된 이야기도 했는데, 1967년 음반점에 함께 갔던 친구가 당시로서는 신보였던 도어스의 1집 음반을 가져와 이 팀에도 오르간이 있다며 들어 보라고 했다는 것이다. 그는 자신이 곧 도어스에 심취하게 되었고, 키보드 주자인 레이 만자렉 역시 빈스 과랄디의 영향을 받았다고 해 무척 반가웠었다고 했다. 그는 그 연주들의 공통분모를 〈부기우기boogie-woogie 스타일〉로 설명하고 있었다.

순간, 나는 내가 한때 좋아했지만 전혀 공통점이 없다고 생각했던 음악들이 하나로 엮이는 것을 경험했다. 조지 윈스턴과 도어스, 빈스 과랄디, 패츠 월러. 나는 꾸준히 〈부기우기〉 언저리의 음악을 좋아해 왔던 것이다.

부기우기. 재즈의 역사에 대한 글 첫머리에 항상 나오는 용어라서 알고는 있었지만, 그게 내 취향의 일부였다니. 게다가 한국에서 자란 내가 왜 하필 부기우기에 끌렸단 말인가.

우리나라에서 연주 중에 가끔 부기우기를 연주하는 사람은 있어도, 대놓고 〈난 부기우기가 좋아〉라고 하는 사람은 본 적이 없다. 음악 취향을 말할 때 선택지에 없다 보니 나도 부기우기가 취향일 수 있다는 생각은 전혀 해보지 않았다.

피아노에서의 부기우기는 선율 위주의 음악이라기보다는 리듬이 강조된 스타일이다. 매력적인 한두 마디의 단위를 힘차게 반복하는데, 양손이 맞물리며 두툼하고 기분 좋은 질감을 만들어 낸다. 연주하는 느낌이 재미있어 계속 치고 싶어진다.

나는 내가 재즈나 블루스의 기초를 배운 적은 없지만 청소년 시절 록 음악을 흉내 내며 그 밑바닥에 깔린 부기우기 스타일에 서서히 매료되었다는 것을 알게 되었다. 또 오랫동안 내 곡의 편곡에 반영해 보고 싶었으나 연주자들에게 잘 설명할 수 없었던 부분이 부기우기 스타일이라는 것도.

결국 정리하자면 나는 〈조지 윈스턴의 부기우기적 측면에서 꽤 영향을 받았다〉라고 말할 수 있을 것이다. (문이

쾅 닫히려는 것을 붙잡고) 그러나 현실에서 나는 조지 윈스턴의 영향을 받았다고 말하지 않는다. 영향받은 음악가들이 그 외에도 무수히 많은 데다, 주로 기타를 치며 노래하는데 피아니스트를 언급해 보았자 복잡해지기만 하기 때문이다. 적잖은 이들이 내가 김광석의 영향을 받았을 거라 생각하지만 나는 사실 조지 윈스턴과 더 연관이 있는 것이 사실이다.

이 글을 쓰느라 인터넷 검색창에 조지 윈스턴을 쳐보니, 내한 공연 때 그가 한 일간지 기자의 질문에 불쾌해 했다는 정보가 나왔다. 〈뉴에이지 음악에 대하여 뭐라고 생각하느냐?〉라는 기자의 질문에 〈난 그 장르 음악가가 아니며 그것이 뭔지 모른다. 더 이상, 나에게 뉴에이지에 대하여 물으면 인터뷰를 끝내겠다!〉라고 했단다.

〈부기우기〉나 〈패츠 월러〉에 대해 물었다면 분위기가 좀 더 좋지 않았을까? 역시 노장에게도 자기 음악이 엉뚱하게 규정되는 것은 피하기 힘든 문제인가 보다. 포크로 활동하고 있는 부기우기 애호가가 뉴에이지로 오해받고 있는 부기우기 애호가에게 멀리서 존경을 보낸다.

뜨거웠던 여름의 작곡 캠프

안동에는 독립운동가 이상룡 선생의 본가인 임청각이 있다. 이곳에 다섯 명의 싱어송라이터가 3박 4일을 머물며 작곡을 했던 적이 있다. TBC 대구방송의 「고택음악회」라는 프로그램의 특집이었는데, 하림, 양양, 조준호, 이동준, 나 이렇게 다섯이 고택에서 받은 영감으로 한 곡씩 써서 공연까지 했다.

이 음악가들을 어떻게 알게 되었는지 잠시 설명하면 내가 몸담았던 음악 씬의 한 시기를 보여 줄 수 있을 것 같다. 우선 하림 형은 밴드 시절 버스킹을 하다 알게 되었다. 이미 메이저 음악 씬에서 유명했던 형이 월드뮤직에 심취해 가면을 쓰고 거리에서 버스킹을 하던 시기가 있었는데, 내가 공연할 곳이 마땅치 않은 외국인인 줄 알고 관람료 넣는 상자에 내 연락처와 메모를 남겼었다. 〈곧 춘천 마임 축제에 공연하러 갈 건데 원한다면 끼워 줄 수 있다〉 그런 메모였던 것 같다. 그날 밤 형이 싸이월드 쪽지로 자신의 정체를 알려 온 걸 읽고 나는 내가 무슨 짓을 한 것인지 알게 되었다.

그 인연으로, 몇 년 뒤 형이 DJ를 하던 한 DMB 방송에서 청취자들의 사연을 노래로 만들어 주는 코너를 함께 했었다. 1부에서 사연을 받아 어떤 노래가 어울릴지 상의한 다음, 쉬는 시간에 재빨리 곡을 만들어 2부에서 들려주는 식이었다. 지금 생각해도 어떻게 가능했나 싶은 고난도 미션이었지만, 같은 밴드 멤버였던 차차(차지은)의 순발력과 형의 즉흥 연주 실력에 힘입어 종영 때에는 모음곡 CD까지 만들었었다.

다른 세 명의 음악가들과 가까워진 것도 형이 홍대의 〈물고기〉라는 단골 카페에 매일 드나들며 자연스레 생긴 느슨한 음악 커뮤니티 덕분이었다. 싱어송라이터로 곡을 쓰며 카페에서 아르바이트를 하고 있던 양양도 그 무렵 처음 알게 되었고, 이미 같이 공연을 많이 하던 〈좋아서하는밴드〉의 준호도 더 자주 보게 되었다. 카페 앞에 작업실이 있던 동준도 이곳에서 만났는데, 우리는 다른 두 명(이호석, 조윤정)과 「집시앤피쉬 오케스트라」라는 집시 스윙 밴드를 결성하기도 했었다. 메이저와 인디, 월드뮤직 씬의 음악가들이 자연스럽게 만나 연주했던 시기였다고 평가하고 싶다.

임청각에 머물던 2016년의 8월도 꽤 더운 여름이었다. 다들 에어컨이 있을 테니 걱정 말라고 했는데, 나는 보물로 지정된 곳이라는 소개 글에서 곧바로 에어컨은 없을 거라는 예감을 받았다. 풀벌레 소리 가득한 밤에 도착한 임청각은 한때 아흔아홉 칸이었던 으리으리한 고택이었고, 역시 에어컨은 없었다. 각자 선풍기와 모기장이 딸린 방 한 칸씩을 배정받았다. 전 재산을 팔아 만주로 독립운동을 하러 갔던 이상룡 선생의 노블리스 오블리제 정신 앞에서 더위 따위로 불평을 할 수는 없었다. 그저 이 묵직한 주제로 노래를 만들 수 있을지가 걱정이었다.

평소 나는 자연스레 관심이 가는 것들 위주로 곡을 써 온 데다 오랜 시간 고쳐 나가던 편이라 이렇게 단기간에 곡을 쓰면 뭐가 나올지 확신이 들지 않았다. 게다가 우리 5명의 음악가는 서로의 곡을 많이 연주했어도 서로의 작곡하는 모습을 본 적이 없었다.

다음 날 일어나니 벌써 마당에는 우크렐레 소리와 기타 소리가 낭랑하게 글 읽듯 들려오고 있었다. 속도전인 건가? 나도 정신을 차리고 뭘 좀 써보기 시작했다.

참 아름다운 집이구나 / 처마는 하늘을 감싸 안고 / 창

틈마다 보이는 기와 위로 / 구름이 걸려 있네

확신이 들지는 않지만 일단 첫 삽을 떠놓았다. 그래야 전체 작업이 어느 정도일지 감이 오기 때문이다. 이제 각 방을 둘러보며 나만 시작 단계인 건 아닌지 확인한 뒤(다행히 아니었다), 방에 돌아와 기타를 둥둥거리며 좀 전의 메모에 멜로디를 붙였다. 다음 소절은 좀 더 정신이 맑아지면 진전시키기로 했다. 너무 더워 정신이 혼미했기 때문이다.

방송국의 촬영팀은 여기저기 흩어져 전 과정을 담고 있었는데, 나는 일단 시작은 했다고 짧은 인터뷰를 했다. 여기저기 보이는 카메라 때문에 몇 시간 작곡가의 자세를 유지했으나 오후에는 촬영을 하건 말건 뜨끈한 베개를 벤 채 기절해 버렸다.

저녁마다 유생들이 공부하던 누각에서 점검 회의가 있었다. 다들 자기 이름으로 활동하는 싱어송라이터이자 연주자들이었지만 모아 놓으니 서로 발표를 미루고 메모를 감추는 창작 교실 수강생들과 다를 게 없었다. 하림 형이 우리를 자극했다. 무슨 고민을 그렇게 많이 하느냐고. 평소 말하듯 흥얼거리면 되지 않느냐며 즉석에서 기타를 꺼내 우리의 상황을 즉석 가사로 읊조리기까지 했다. 나중에 안 일이지만, 형도 그때까지 딱히 뭘 써둔 것은 아니었다.

다음 날도 일찍부터 마당에 작곡하는 소리가 낮게 들려오고 있었다. 나도 정신을 가다듬고 속도를 냈다. 밤까지는 뭐라도 나오겠지 생각하면서.

솔직히 이런 상황에서 평소처럼 마음에 밀착된 가사를 쓰기는 힘들다. 고택의 내력이 아무리 감동적이어도 직접 경험한 일이 아닌 데다 현재의 경험에서 출발하자니 더위에 무기력하게 앉아 있는 스스로의 모습만 너무 강렬했기 때문이다.

이처럼 제안을 받아 작곡할 때 나는 종종 〈사실〉을 쉽게 소개하는 곡을 쓰곤 했다. 몇 년 전 제주 해녀에 대한 노래를 썼을 때에도 해녀의 삶에 감정 이입하기보다는 사실을 전하는 쪽을 택했다. 해녀 박물관에서 보내 준 두꺼운 인터뷰집을 열심히 읽은 다음 노래로 요약했다. 옛 노래에는 원래 그런 기능도 있었으니까.

우리는 간간이 모여 방송에 필요한 컷들을 찍었고, 이상룡 선생의 증손과 마루에서 식사를 하거나 집 앞을 흐르는 낙동강 변을 산책했다. 멀리 드론이 여름 하늘을 날아다니며 우리를 촬영하는 가운데 더위에 지쳐 강변을 걷고 있으니, 마치 슬럼프에 빠져 특훈을 받으러 내려 온 싱어송라이터 집단 같았다. 서울에서 하던 앨범 작업도 아득히 먼 일처럼만 느껴졌다.

마감이 다가오자 하림 형의 방에서도 꾸준히 악기 소리가 들려오기 시작했다. 그늘진 처마 밑에서 형의 니켈하르파(스웨덴 현악기) 소리가 흘러나오는 가운데, 마당 위에서는 날씬한 벌들이 열심히 윙윙대며 죽은 여치를 땅에 난 구멍 속으로 밀어 넣고 있었다. 신기해서 찾아보니 나나니벌이라고 했다.

옛사람들은 이 벌이 구멍에 밀어 넣는 먹이가 새끼 벌로 변해 밖으로 나오는 것으로 믿었단다. 어미 벌이 구멍 앞에서 〈나나니, 나나니〉 하고 윙윙대는 것이 〈날 닮아라, 날 닮아라〉 기도하는 듯해 나나니벌이 되었다나. 정성을 다하면 못 이룰 게 없다는 것을 보여 주는 상징적인 곤충이었다는 구절에서 우리의 상황을 보는 듯해 조금 흠칫했다.

사흘간 각자의 방에서 열심히 윙윙거린 덕분인지 결국 메모가 노래로 변해 구멍에서 나오기 시작했다. 우린 모두 마감 시간을 맞추었고 하룻밤 연습을 하며 함께 연주할 수 있도록 편곡도 마쳤다. 과제를 던져 주고도 과연 가능할까 의아해 하던 제작진들이 무척 감격스러워했다.

일주일 뒤 우리는 다시 안동에 내려와 지역의 관객들과 후손, 지킴이 선생님 가족들이 모인 가운데 작곡한 곡들을 연주했다. 무대에 서니 다들 여유로워 보였다. 작곡이 안 되던 순간 같은 것은 없었다는 듯이 모두 공연 복장으로 말끔히 갈아입었고, 5년 전 만든 노래라도 되듯 유려하게 부르고 있었다.

> 참 아름다운 집이구나 / 마당의 우물은 깊고 / 아흔아홉 칸을 열어 둬도 / 훔치는 이가 없었다지

편곡, 음악에 색을 입히기

공중에 거대한 물주머니가 떠 있는 듯한 오후. 레이블의 지하 작업실에서는 에어컨이 습기를 끊임없이 밀어내고 있다. 믹스커피 한 잔을 들고 프로듀서와 모니터 앞에 앉아 엊그제 내가 보내 놓은 데모를 듣는다. 방에서 불렀던 목소리가 다른 공간에서 들으니 적나라하다.

지금은 편곡 기간이다. 집에서 기타와 가상 악기들을 이용해 스케치를 하다 어느 정도 쌓이면 중간중간 프로듀서와 만나 점검하고 또 수정을 한다. 오늘도 충분히 좋은 부분과 조금 과한 부분들에 대한 의견을 듣는다. 별 고집을 부리지 않고 대부분 수용한다.

나도 꽤 고집이 있는 편이지만 그런 기질은 보통 1시간 뒤쯤에야 드러난다. 〈그 악기까지 빼라니, 너무 뻔한 것 아니야?〉, 〈아니, 연주자의 즉흥에 맡길 예정이면 며칠 동안 다듬은 멜로디는 뭐지?〉 등등의 의심들. 하지만 지금은 끄덕이며 수첩에 받아 적고 있다. 묘한 희망도 생기는데, 집에 가면 30분 내에 해결할 수 있을 것 같은 기분이 드는 것이다. 하지만 내 공간으로 돌아가면 미궁에 빠져 수정하는 데만도 며칠이 걸릴 게 분명하다.

곡의 윤곽들이 모두 확정되어 편곡에만 집중하고 있다면 좋겠지만 실상은 남은 작곡도 동시에 진행한다. 편곡이 얼추 완료된 곡과 여전히 가사 일부만 있는 곡, 어설픈 기타 반주로만 되어 있을 뿐 어떤 편성이 될지 모를 곡들이 뒤섞여 있다. 그런 상태에서 곡들의 제목까지 빨리 정해야 된다는 생각이 밀려온다.

편곡은 전문 편곡자에게 맡기는 방법도 있지만 내가 활동하는 인디 음악 씬에서는 녹음 전 단계까지 직접 해결하는 것이 보통이다. 음악을 하게 된 이유가 특정 스타일이나 사운드를 직접 구현해 보거나 연주해 보고 싶어서인 경우가 많기 때문이다. 그러나 스타일이 누가 봐도 확연하고 주변에 좀 더 그쪽 전문가가 있을 경우 해당 곡만 맡겨 보기도 한다. 그 곡이 블루스면 평소 블루스만 하고 있는 사람에게 맡겨 보는 식이다. 이렇게 여러 가지 방식을 혼합할 수가 있다.

나는 기본적으로 직접 편곡을 하며 프로듀서의 의견을

구하는 방식으로 해왔다. 편곡을 전문으로 배우지 않은 내가 이 작업을 할 수 있는 것은 좋아하는 곡들의 편곡 스타일을 유심히 연구하며 나름의 학습을 해온 데다 또 한가지, 컴퓨터가 있기 때문이다.

노래가 어느 정도 만들어지면 노트북 컴퓨터에 설치한 〈시퀀싱 프로그램〉이라는 것을 켜놓고 마이크로 가볍게 녹음을 한다. 보통 메트로놈을 들으며 기타 반주를 녹음하고, 그걸 들으며 노래를 녹음한다. 나중에 록 밴드 스타일로 완성될 곡이라 해도 처음에는 이런 식으로 스케치를 한다.

그다음 장시간 편곡에 들어가는데, 혼자 피아노도 넣어 보고, 관악기도 넣어 보며 상상의 소리와 실제의 소리 사이에 간극을 줄여 나간다. 프로그램 안의 가상 악기들을 사용하기 때문에 실제 연주는 조그마한 건반으로 한다. 그러면 같은 음을 트럼펫으로도, 실로폰으로도 들어 볼 수가 있다.

컴퓨터로 해도 어쨌든 어울리는 것을 판단하는 것은 나의 귀라서 편곡에 대한 기본 지식이 있으면 좋다. 잘 풀리지 않는 부분이 있으면 편곡법 책도 찾아보고, 비슷한 편곡의 음악을 유심히 들어 보기도 한다. 하지만 내가 하는 편곡은 섬세한 완성이 목표라기보다 본 녹음의 밑그림을 만들기 위한 거라 분위기를 보여 주는 데 집중한다.

○

연주자용 악보. 보통 가볍게 편곡한 mp3 음원과 함께 전달하면, 코드를 보고 각자 연주할 부분을 준비한다.

이렇게 편곡된 스케치가 있으면 프로듀서나 연주자들과 상의할 때 편하다. 또 본 녹음에서는 이 음원이 가상의 반주 역할을 하기도 하는데, 이것을 〈가이드 음원〉이라고 부른다.

쉽게 말하면 이런 식이다. 가상 악기로 드럼 비트를 입력한 뒤 기타, 노래를 녹음했다고 치자. 실제 드러머가 연주하는 날은 프로그램에서 드럼 부분을 꺼놓고, 기타와 노래, 메트로놈만 들으며 실제 드럼을 녹음한다. 그렇게 한 악기, 한 악기 꺼놓고 실제 악기로 갈아 끼우며 녹음하기도 한다.

이럴 때 편곡된 스케치는 실제 제품을 생산하기 전에 만들어 보는 시제품 역할을 하게 된다. 나처럼 혼자 작업하는 싱어송라이터는 연주자들을 부르기 전까지 혼자 상상해야 하는 시간이 많기 때문에 이런 방식이 큰 도움이 된다.

편곡은 노래의 분위기를 좌우하고, 내가 좋아하는 스타일을 반영할 수 있는 단계라 나는 긴 시간 편곡에 공을 들이는 편이다. 똑같은 곡을 피아노로 쳐보기도 하고, 기타로 쳐보기도 하고, 온갖 악기를 넣었다 전부 지우고 새로 시작하기도 한다. 다른 사람의 음악에는 이걸 넣어라, 빼라 잘 떠오를지 몰라도 본인의 곡은 항상 깜깜해지는 순간이 있다.

옛날 클래식 작곡가들이 그처럼 혹독한 이론 연습을 거쳤던 이유는 책상 위에서 음악을 쓰기 위해서였다고 생각한다. 일일이 연주자를 시켜 가며 음을 확인하고, 수정해야 했다면 교향곡 같은 대작을 만들 때 상당히 곤란했을 것이다. 나는 책상 위에서 가상 악기를 켜놓고 나만의 오케스트라를 수없이 부리며 편곡을 하는 셈이다.

물론 대중음악에서 전문적으로 편곡 공부를 하지 않은 이들이 놀라운 음악을 만들어 온 것은 직접 사람이 모여서 수없이 연주해 보는 문화이기 때문이다. 나는 그 수없이 반복하는 시간을 줄이기 위한 편곡을 하고 있는 셈이다.

미묘한 정서나 스타일의 사운드를 전달하고 싶을 때는 〈레퍼런스〉라는 것을 사용하기도 한다. 싱어송라이터와 프로듀서, 연주자가 현재의 작업과 연결점이 있는 기존 곡(보통은 말도 안 되는 명곡)들을 레퍼런스로 잔뜩 주고받는다. 나는 기분만이라도 백지 상태에서 시작하고 싶어 레퍼런스를 잘 생각하지 않는데, 프로듀서가 뭔가를 보내 주면 나도 대답으로 이것저것 보내곤 한다. 이번에도 몇 곡의 레퍼런스를 프로듀서에게 보내 놓은 상태다.

- 비틀스 「리볼버」 앨범의 과감하고 다채로운 사운드
- 루 리드 「워크 온 더 와일드 사이드」 같은 느긋하고도 관능적인 질감
- 빈스 과랄디 「라이너스 & 루시」 같은 70년대 음악의 따뜻한 질감
- 세르주 갱스부르 「엉 를리장 타 레트르」의 위트와 심플하고 효과적인 관악 편성

딱 봐도 알겠지만, 서로 이런 곡을 보내도 거기에서 어떤 점을 들으라는 건지 모를 때가 많다. 〈포크인데 웬 록 음악을 보낸 거지?〉 싶을 때도 있고, 〈이런 사운드는 60년대 악기들이 없으면 절대 못 합니다〉라며 조기 차단하기도 한다. 어떨 때는 피아노 연주자에게 피아노가 없는 곡을 보내기도 한다. 요점은 서로 생각의 차이를 줄여 가기 위해 온갖 수단을 동원해 맞춰 간다는 점이다.

그나저나 어서 녹음에 들어갈 날이 오길 기다리며 미완성 가사와 편곡을 들여다보고 있는 요즘이다.

밴드 녹음은 더 밴드처럼

앨범을 위한 첫 합주를 마치고 왔다. 기대되는 마음으로 집에 와 프로듀서가 보내 놓은 녹음을 들어 본다. 생각보다 만족스럽다. 아직 할 일이 태산 같지만 일단 출발은 좋다.

미리 코드 악보와 스케치로 내 곡들을 파악하고 모인 네 명의 연주자들(드럼 오형석, 베이스 이동준, 피아노 고진수, 기타 홍갑)은 오늘 저녁에 레이블의 부스에 모여 세 차례 정도 즉흥 연주를 했다. 지금 듣고 있는 것은 프로듀서가 마이크를 설치해 녹음해 준 것이다. 연주자들은 다들 이 정도로 괜찮겠냐고 어리둥절해하며 흩어졌지만 내가 보기에는 본 녹음의 방향을 잡기에 충분했다. 합주 전의 우려가 뭐였나 싶게 말끔히 가셨다.

세 번째 앨범이지만 녹음 방식은 그때그때 같은 적이 없었다. 1집은 프로듀서와 녹음 장비를 차에 싣고 고향 집에 내려가 조용한 거실에서 녹음했고 기타와 피아노도 내가 연주했다. 두 번째 앨범은 여러 세션 연주자들의 도움을 얻어 가며 가장 보편적이라고 할 만한 스튜디오 녹음으로 했다.

프로듀서는 앨범마다 달라지는 이런 방식을 〈전략을 짠다〉고 표현하는데, 노래만 바뀌고 매번 같은 방식으로 녹음하기보다는 앨범의 색깔과 활동 시기에 맞추어 에너지를 가장 잘 살려 줄 녹음 방식을 채택하는 것이다.

이전 음반들이 세세한 편곡까지 최대한 정리한 뒤 본 녹음에 들어가는 방식이었다면, 이번 앨범은 가사와 멜로디, 화음만 있는 단계부터 연주자들을 개입시켜 보기로 했다. 밴드만이 낼 수 있는 에너지를 믿고 편곡에서 적극 활용해 보기로 한 것이다.

프로듀서와 나는 이런 전략을 나눌 때에도 역시 좋아하는 음반들을 통해 소통한다. 때로는 삼국지나 그리스 신화 이야기라도 하고 있는 기분이다.

프로듀서 이번 앨범은 밥 딜런이 〈더 밴드〉와 함께하던 시절처럼 해보죠.

나 〈더 밴드〉, 좋지요. (그런데, 그 둘이 그 시절에 정확히 뭘 어떻게 한 거죠?)

1960년대 포크나 로큰롤에 관심이 없다면 무슨 소리인가 싶을 얘기들인데, 나도 끄덕이고는 집에 와 찾아보는 경우가 많다. 나야 좋았다. 밥 딜런이라니. 문제는 내가 밥 딜런이 아닌데 그런 분위기가 날까 하는 것이었다. 나의 카리스마로 4~5명의 프로 연주자들을 잘 집중시킬 수 있을까?

합주일이 다가올수록 긴장감이 높아졌다. 가뜩이나 바쁜 연주자들이 느릿하게 나타나 왜 이렇게 일찍 불렀냐고 하면 뭐라고 해야 하나. 〈밥 딜런이 이렇게 했대요〉라고 하면 되려나.

밴드의 장점은 일단 호흡이 맞기 시작하면 놀라운 에너지를 낸다는 것이다. 밴드 시절을 돌이켜 보면, 무대에 먼저 올라와 있는 멤버들 얼굴만 봐도 자랑스러웠다. 같이 하기에 떨리지도 않았다. 다만 단점은, 호흡이 안 맞는 시간도 꽤 많다는 것.

일단 뭐 하나 결정하려면 엄청난 회의를 해야 했고, 연주하는 시간보다 회의하는 시간이 많았다. 농담처럼 하는 얘기지만 다 큰 어른들이 그렇게 모여 있다는 것 자체가 기적이다. 수익이 넉넉히 보장된 일도 아닌데 서로에게 최상의 컨디션과 단합을 기대하며 복작복작 모여 있다는 것.

혼자 활동하는 것의 장점은 좀 고독해도 나 하나만 잘 간수하면 된다는 것이다. 어느 곡이 조금 불안하면 공연 중일지라도 혼자 조용히 바꾸면 된다. 공간 활용도 자유로워 뭔가 수정하려면 조용한 구석에 가서 코드를 확인해 봐도 된다. 반대로 단점은 역시 밴드만큼 에너지를 내기는 힘들다는 것. 대형 페스티벌에서 밴드가 펼치는 공연을 보고 있으면 저건 나로선 도저히 무리겠다 싶은 생각이 든다. 또 모든 걸 혼자 결정하는 자유는 때로 막막함으로 다가와 북적대며 상의하던 시절이 그립기도 하다.

이번 작업은 한동안 혼자 활동해 온 내가 각자 자기 분야에서 잔뼈가 굵어 온 연주자들과 일시적인 밴드를 구성하는 셈이었다.

각자와 개인적인 친분들이 있었지만 그것과는 별도로 녹음을 위해 모이면 생기는 전문 연주자들만의 깐깐하고 엄격한 분위기라는 것이 있다. 좋은 에너지로 이어진다면 환상이겠지만 그 반대라면 곤란했다. 모두 호흡이 착착 맞는데 나만 연주를 못 따라간다든지, 괜히 주눅 들어 연주가 괜찮은지 아닌지조차 판단이 안 선다든지.

다행히 연주자들의 배려로 걱정이 조금씩 풀려 나갔다. 예상대로 왜 이렇게 미리부터 모이라고 했느냐고 궁금해했지만 곧 〈이렇게 할 수 있으면 좋죠〉라며 이해해 주었다. 너무 여러 곡을 한꺼번에 부탁하는 게 아닌가 미안했던 마음도 착착 이어지는 연주를 들으며 안도감으로 바뀌었다. 예감이 좋았다. 녹음으로 부쩍 다가선 듯한 느낌.

5

앨범 녹음 일지

INTRO Bass
D G#dim A G F#m7 Em D
A
B
C#7 F#m7 Em D
C#7 F#m7 Em A
Solo
D G A G D G A G
B - A

드디어 스튜디오 입성

오후 두 시 무렵의 합정역. 이제 습기는 온데간데없고 빌딩 사이마다 구름이 멀리 흩어져 있다. 역을 나온 나는 인근의 녹음실로 서둘러 걷고 있다. 오늘 네 명의 음악가들은 맑은 하늘을 잠깐 본 뒤 종일을 지하에서 보내게 될 것이다. 그저께에 이어 두 번째 녹음 날이다.

녹음실 골목에 들어서니 프로듀서가 음료수 한 봉지를 들고 도착해 있다. 연주자들도 근처에 주차를 하고 제 시간에 와 있다. 엔지니어와 인사를 나누자마자 곧바로 세팅을 시작한다. 오늘은 준비만으로도 시간이 꽤 걸린다. 녹음 부스 안에 칸막이를 세워 드럼과 베이스를 한 공간에서 녹음할 예정이기 때문이다.

첫날도 동시에 연주를 하긴 했지만 일렉 베이스라 굳이 한 공간에 들어가 연주할 필요가 없었다. 악기 내부의 소리를 받는 일렉 악기는 라인만 연결되어 있으면 어디에서 연주하든 상관이 없기 때문이다. 드러머는 부스 안에서 연주하고 베이시스트는 조정실에서 앉아 동시에 연주를 했다. 하지만 오늘은 더블베이스를 쓰는 날이다. 어쿠스틱 악기의 실제 줄 뜯는 소리와 실내에서 울리는 공간감을 받으려면 부스 안에서 마이크로 녹음해야 했다.

드러머와 베이시스트가 부스의 양쪽에 멀찍이 자리를 잡고, 가운데에는 높은 칸막이 여러 개를 촘촘히 병풍처럼 세웠다. 드럼 소리가 워낙 커 베이스 쪽 마이크에 조금 새어 들어갈 수밖에 없지만, 그 정도는 나중에 기술적으로 분리할 수가 있었다. 하지만 테스트 녹음을 해보니 드럼 소리가 원체 커 서로의 소리가 너무 섞였다. 프로듀서의 판단이 필요한 때였다. 프로듀서는 일단 합주 느낌이 중요한 곡인 「콜라보 씨의 외출」만 그대로 가고, 나머지 세 곡은 더빙 녹음으로 가자고 했다.

사실 더빙은 가장 많이 사용하는 녹음 방식으로 각각의 악기 소리가 깔끔히 구분되어 기록되기 때문에 어느 한 쪽이 틀려도 그것만 수정할 수가 있다. 당연히 많은 연주자들도 그쪽을 선호하는데, 이번에 굳이 합주 녹음을 하는 것은 동시에 연주할 때만이 낼 수 있는 생동감이 필요하기 때문이다. 대신 모든 악기를 동시에 하지는 않고 기본 리듬을

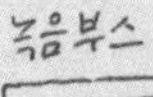

○
악기 녹음 이틀째의 세팅. 두 연주자 사이에
병풍처럼 칸막이를 쳤다.

만드는 드럼과 베이스만 동시에 하기로 했다. 다른 악기들은 두 악기의 호흡을 따라가며 여유롭게 더빙 녹음을 해도 충분히 생동감이 날 거라는 판단이었다.

악기에 익숙하지 않은 독자를 위해 두 사람의 대화를 녹음한다고 가정해 보겠다. 녹음은 꼭 실제처럼 해야 할 필요가 없기 때문에 하다못해 두 사람이 같은 날에 오지 않아도 된다. 대화 주제를 공유한 다음 먼저 한 사람이 상대방이 있다고 상상하며 이야기를 한다. 그리고 두 번째 사람이 며칠 뒤에 와서 앞 사람이 녹음한 것을 들으며 능청스레 대꾸를 하거나 자기 이야기를 하는 것이다. 이렇게 하면 한 사람의 목소리가 좀 작아도 키울 수 있고, 어느 한쪽이 실수해도 그것만 다시 할 수 있다.

문제는 두 사람 다 노련하고 동물적인 감각이 있어야 그럴듯하게 나온다는 것인데, 하다 보면 결국 차라리 같은 시간에 둘 다 오는 게 나았을 거라는 결론에 이르는 경우가 많다. 그래서 악기들도 웬만하면 동시에 연주를 하게 하고, 다만 서로의 소리를 나중에 조금씩 조정할 수 있도록 악기 사이의 거리를 벌려 놓고 녹음하는 것이다.

물론 음악 연주는 대화와 달리 박자라는 게 있어 좀 더 맞추기가 쉽고, 녹음에 익숙한 연주자는 정말 함께 연주한 것 같은 분위기를 낸다. 실제 우리가 듣는 대중음악 대부분은 이렇게 더빙 녹음을 한 것이다. 따로따로 시간 될 때 녹음을 하고 가기 때문에 연주자들끼리 얼굴 볼 일이 없는 경우도 다반사다. 이미 한 달 전에 녹음하고 간 드럼을 틀어 놓고 연주하며 엔지니어에게 〈그 친구 요즘 잘 지내던가요?〉라고 안부를 물을 수도 있는 것이다.

하지만 이런 더빙 방식은 너무 깔끔한 것이 장점이자 단점이다. 각자의 연주가 미흡하면 빈틈이 선명히 드러나게 된다. 반면 합주는 칼같은 박자의 연주가 아니어도 기분이 좋으면 서로 에너지가 섞이고, 또 사람의 귀란 것이 신기해 연주 중에 즉석에서 서로의 빈 부분을 채워 나간다. 분위기가 좋으면 훨씬 긴밀하게 느껴지는 연주를 녹음할 수가 있는 것이다.

드러머와 베이시스트는 나와 건반 연주자가 준비한 가이드를 헤드폰으로 들으며 나란히 연주를 시작했고, 틀리면 동시에 멈추었다. 같이 녹음하는 거라 한 사람이 마음에 안 들면 둘 다 다시 연주를 해야 했다. 물론, 사소한 실수를 보완해 주는 음악 편집 프로그램이 있어 우리는 전체적인 분위기에만 집중했다.

다들 경험이 많은 연주자들이라 서너 번 가볍게 연주하며 〈이게 좋겠다〉고 파악하자 금방 오케이 테이크(가장 괜찮은 연주)에 이르렀다. 보통은 조정실에서 오케이를 내려도 연주자 쪽에서 좀 더 잘할 수 있을 것 같다며 좀 전의 녹음을 저장해 두고 한 번 더 하자고 한다. 그러면 신기하게도 전혀 다른 색깔의 연주가 나온다. 보통 새 연주로 오케이를 내리거나 역시 좀 전의 연주가 낫다는 결론을 내린다. 문제는 좀 전 것과 새 것이 다 괜찮아 뭐가 나은 건지 모르겠는 경우인데, 이럴 때 조정실에서 수군대고 있으면 연주자도 잠시 쉴 겸 부스에서 나온다. 다 함께 녹음된 걸 한 번 들어 보면 대개 결론이 난다. 녹음에서는 연주자의 실력도 중요하지만 조정실에서 얼마나 효율적으로 판단을 내려 주는지도 중요하다. 마냥 더 해보자는 식이면 연주자의 체력에 한계가 온다.

첫 녹음도 그랬지만 오늘도 별 사고 없이 꽤나 순조로운 편이었다. 연주자들은 한 곡을 마치면 담배 한 대를 피우고 와서 곧 다음 곡을 시작했다. 파랗던 하늘이 점점 분홍빛으로 물들기 시작했고, 프로듀서와 나는 엔지니어 뒤에서 고개를 숙이고 앉아 종일 생수를 마시며 〈이 정도면 좋아〉를 판단하려고 애썼다.

보통 부스 안의 연주자가 어디가 마음에 안 들면 멈추고 처음부터 다시 하거나 〈코러스 끝나고 8번째 마디부터 다시 갈게요〉라는 식으로 위치를 알려 준다. 그러면 엔지니어는 내가 복사해 준 악보를 펴놓고 해당 부분을 빠르게 찾아 다시 틀어 준다. 연주자들과 엔지니어들은 이렇게 마디 수로 곡의 위치를 파악하는 데 능숙하지만, 나 같은 사람은 아직도 마디로 곡을 파악하는 게 느려 어느 부분을 얘기하는지 우왕좌왕하곤 한다. 그래서 녹음하는 동안 악보를 손으로 짚어 가며 뚫어져라 쳐다보고 있기도 한다.

오늘은 네 곡을 했는데, 세 번째 곡부터 여러 번 드럼 스타일을 바꾸느라 연주가 느려지기 시작했다. 밖에 나와서 쉬며 녹음이란 것이 항상 이렇게 순조롭다가도 꼭 한두 곳씩 지체되는 곳이 생긴다는 데 공감했다. 오늘은 다음 주에 연주할 피아노 연주자도 들렀다. 피아노 가이드 연주가 잘 쓰이고 있는지도 들어 보고, 다음 주에 들으며 연주하게 될 드럼과 베이스가 어떻게 녹음되는지도 들어 보았다. 중간중간 들어가 다음 주에 연주할 그랜드 피아노도 점검했다.

생각보다 빠르게 끝났지만 정리하고 하니 8시가 다 되었다. 세 곡쯤 하면 연주자도 듣는 사람도 허기가 지기 시작한다. 힘을 내어 네 번째 곡을 마치고 〈수고하셨습니다!〉를 외쳤다. 드럼, 베이스는 일단 오늘로 녹음을 마친 거라 모두 근처에 가 삼겹살에 맥주 한 잔을 했다. 연주자들은 보통 녹음을 〈함께하는 작업〉이라고 자신의 일처럼 생각해 주지만 앨범을 만드는 입장에서는 모두 날 위해 고생하고 있는 느낌이 강해 뭘 어떻게 대접해 줘야 하나 어려운 느낌이 들곤 한다. 본 녹음에 들어가고 곧 앨범이 완성될 듯한 기분이 드니 연주자들도 발매 후 활동 계획이나 타이틀 곡 등에 대해 물었다. 알려 줄 게 없었다. 아직 덜 쓴 가사도 남아 있는 상황이었기 때문이다.

프로듀서도 한시름 놓으며, 드럼, 베이스를 했으면 일단 거의 다 된 거나 다름없다고 미소를 지었다. 프로듀서는 항상 이렇게 희망적으로 얘기하는데, 그 말대로라면 내 앨범은 6개월 전에도 이미 완성된 상태였다. 봄이었나, 도넛 가게에서 내가 〈블랙 코미디〉로 앨범의 방향을 정했다고 얘기했을 때에도 프로듀서는 그렇게 말했었다. 거의 다 된 거나 다름없다고.

보컬 녹음의 고독

노래의 윤곽을 잡아 주는 주요 악기 녹음이 끝나면 보컬 녹음에 들어간다. 보컬 녹음은 생각보다 시간이 꽤 걸린다. 몸 상태에 영향을 많이 받는 데다가 듣는 사람에게도 가장 섬세히 들리는 부분이기 때문이다. 많이 불러 본 노래라도 여러 번 부르며 좋은 테이크들을 찾는다. 앨범을 위해 새로 쓴 곡들의 경우에는 아직 분위기를 정하지 못해 헤매기도 한다.

그래도 몇 번의 앨범 녹음 경험이 있어 이번에는 금방 할 수 있을 것 같았다. 첫 곡으로 가사가 짧은 곡을 골랐고 예상대로 금방 해냈다. 예감이 좋았다. 하지만 두 번째 곡부터 슬슬 헤매기 시작하더니 결국 다음 날로 넘기고 말았다. 이틀째가 되자 만회는커녕 익숙해지기 위해 여러 번 연습만 하는 지경에 이르렀다. 하루에 몇 곡씩 녹음할 기세로 와서 연습만 하고 간다는 것은 상당히 맥 빠지는 일이다.

레이블 부스의 침침한 공간에 마이크와 단둘이 마주하고 있으니 〈그래, 이런 느낌이었어〉라고 예전에 느꼈던 기분들이 생생히 되살아났다.

프로듀서의 조언은 언제나 같았다. 〈각 소절을 부르기 전에 숨을 적절히 쉬고, 몸에 힘을 빼고, 내려는 기분을 확실히 떠올릴 것.〉 그나마 올해에는 배로 숨을 쉬면 소리가 뭐가 다르다는 것인지 약간의 감이 잡힌 상태였다. 어느 정도 유지도 할 수 있었다. 그러나 전에는 훨씬 엉망이었다. 이런 식이었다.

프로듀서 거봐요. 배로 호흡하니 소리가 훨씬 듣기 좋네요.

나 네네. (좋다니 다행이지만 제겐 솔직히 비슷하게 들립니다.)

프로듀서 오늘은 영 컨디션이 아닌데요? 녹음은 다음에 하고 몇 번 더 연습 겸 불러 보죠.

나 네. (더 할 수 있습니다! 목이 잠깐 이런 것뿐입니다! 혹시 잘될지도 모르니 제발 녹음 버튼을 눌러 주세요.)

프로듀서 좋아요! 호흡을 방금 전처럼 한 번 더 해주세요!

나 네. (내가 방금 어떤 호흡을 했었는지…….)

보컬 녹음을 하면 오랜 고질적인 습관을 알게 된다. 특정 음정에 이르면 목에 힘을 준다든지, 집중하면 숨을 잘 안 쉰다든지. 심지어 이번 녹음에서는 내가 말할 때 목에 힘을 준다는 것을 알게 되었다.

내레이션 느낌으로 해보려던 곡이 있었는데, 말하듯 하니 목에 계속 힘이 들어갔다. 수년 간 몸에 밴 거라 힘을 빼도 도저히 한 곡 내내 유지가 되지 않았다. 방향을 바꾸었다. 그 밖에도 온갖 약점들이 적나라하게 드러났다. 비염과 덜 외운 가사, 매일 마신 커피, 꾸준히 안 한 운동. 하나같이 며칠 안에 해결할 수 없는 것들뿐이었다.

그래도 어느 순간 나름의 요령을 찾게 되는데, 보통 너무나 싱거운 방식인 경우가 많다. 누군가 다른 사람의 노래인 듯 불러 보기로 했다. 반주가 나오고 무심코 쓱 들어가면 지금처럼 전주부터 몸을 긴장시켜 첫 소절을 급하게 치고 들어가지는 않을 거라는 계획이었다. 곁눈질로 CD 재고들이 꽂혀 있는 진열대 쪽을 보고 최대한 무심히 불러 보았다. 드디어 됐다. 오케이다.

자, 이제 많은 사람들이 속임수라고 생각하는 편집에

들어간다. 가요라면 나보다 잘 부른다고 자신하는 고향 친구들이 궁금해했던 부분이기도 하다. 듣기로 가수들이 노래를 무수히 끊어 부른 다음 좋은 것들만을 합친다고 들었는데 진짜냐는 것이었다. 진짜다. 하지만 꼭 속임수라고 볼 수는 없다.

보컬 녹음 때 소위 말해 〈끊어 가는 것〉은 컨디션 때문이기도 하다. 엔지니어나 프로듀서는 무조건 잘될 때까지 시키는 사람이 아니라, 좋은 컨디션이 무한정 유지되지 않는다는 것을 아는 사람들이다. 보컬리스트가 준비가 안 되었으면 섣불리 노래를 시키지도 않을뿐더러 목이 쉴 때까지 시키지도 않는다.

4~5번 부르는 가운데 웬만큼 좋은 테이크가 나온다고 가정하고 그동안 집중을 할 수 있도록 여러 전략을 쓴다. 그중 하나가 끊어 가는 것이다. 1절을 잘 불렀는데 2절 초입의 아주 사소한 실수로 전체를 다시 불러야 한다면 보컬리스트는 곧 지치고 만다. 그래서 이번 것이 나름 좋다 싶으면 다시 하지 말고 2절부터 이어서 가라고 한다.

2절이 완성되면 가장 잘 불렀던 1절에 붙일 수도 있다. 단, 이것도 어느 정도 분위기가 비슷해야 붙일 수 있는 거라 무조건 붙일 생각부터 하면 잘 되지 않는다. 아주 잘 불렀는데, 몇 부분 사소한 발음이 아쉽거나 기술적인 흠이 있다면 〈펀칭〉이라고 해서 그 부분만 살짝 고쳐 넣는 기술도 있다.

이렇게 하면 못 부를 사람이 어디 있겠냐고 할지 모르겠다. 그러나 결코 쉽지가 않다. 녹음에서 노래를 잘하고 못하고는 한 번에 잘 부르냐 못 부르냐의 문제라기보다는 좋은 기본 재료, 요리로 치면 싱싱한 재료를 얼마나 만들어 낼 수 있느냐의 문제이다. 녹음 경험이 많은 연주자와 보컬리스트는 거의 몸을 풀자마자 이 수준의 재료에 도달해 약간의 수정만으로 녹음을 끝낸다. 한구석도 모자란 곳이 없을 때까지 연주한다는 식으로 하지 않는다. 게다가 홈 레코딩이 아닌 녹음 환경에서는 시간을 무한정 쓸 수 없어 계속 집착할 수도 없다.

집에 녹음 환경을 갖추어 놓고 무한정 녹음을 하면 좋을 것 같지만 그것도 생각 같지 않다. 나도 첫 앨범을 내기 전에 방에서 혼자 무수히 녹음을 했었는데, 무수히 기회가 있다는 것은 시간 제한이 있는 것과 우울하기에 있어 매한가지였다. 우선 사람의 귀가 몹시 주관적이라 오늘 들은 것과 내일 들은 것이 다르다. 버스에서 들을 때 좋았던 것이 방에서는 절망적으로 들린다. 또 10곡을 녹음하면 후반에 녹음한 것이 더 좋아 앞의 것을 다시 부르기 시작한다. 그러면 후반에 했던 것들도 다시 하게 되고, 다시 앞의 것을 건드리게 되고……. 때로는 누군가 맺고 끊어 주는 것의 장점이란 것이 있다.

이번 녹음은 절충안이라 할 수 있는데, 내 보컬 실력이 렌탈 스튜디오에서 몇 시간 만에 끝낼 정도는 아니라서 시간이 좀 더 허용되는 레이블 부스에서 하기로 했다. 오후 1~2시부터 6시까지 나는 부스 안에 서서, 프로듀서는 바깥 사무실 컴퓨터 앞에 앉아 녹음 버튼을 누를 순간이 오기를 기다린다. 나야 내 노래이지만 같은 반주를 수없이 반복해 들어 주어야 하는 프로듀서야말로 곤욕일 텐데, 그사이 각종 사무 관련 전화까지 온다. 통화 소리가 헤드폰 너머로 들려온다.

보컬 녹음은 좌절감이 심한 부분인 만큼 보람도 크다. 〈꽤 잘 나왔다〉는 평가를 받고 집에 가는 길은 마음이 무한히 가볍다. 집에 돌아와 느긋하게 컴퓨터 앞에 앉아 프로듀서가 들어 보라며 보내 온 오늘 분 녹음을 들어 볼 때의 기분이란……. 그러나 좋은 기분은 서서히 그저 그런 기분으로 내려앉기 시작한다. 이것이 낮의 그 녹음이었나 싶다. 이건 그러니까 뭐랄까, 딱 누가 보내 온 자기 사진 같다. 꽤 잘 나왔다며 보내 줬는데, 내게는 영 마음에 안 드는 자화상일 뿐이다.

나머지 녹음은 눈부신 속도로

보컬 녹음이 끝나자 그야말로 파죽지세로 자잘한 녹음들이 이어졌다. 관악기나 퍼커션(드럼 외의 타악기들), 가상 악기로 작업할 부분들, 코러스 등이 줄줄이 이어졌다. 계획표대로 착착 해결해 나가는 데 능한 프로듀서의 손이 빛을 발하기 시작했는데, 〈이런 재미로 하죠〉라며 악기 하나가 종료될 때마다 계획표의 칸을 사인펜으로 싹싹 지워 나갔다.

문제는 내가 따라가려니 숨이 차다는 것. 매 작업마다 사전에 준비를 마쳐 두어야 할 게 있었다. 연주자에게 보낼 악보를 확정해 스캔해 보내고, 가상 악기로 녹음할 파트들을 마우스로 세세히 수정했다. 간단한 것 같지만 몇 시간씩 걸리는 일들.

이 시점이면 오랜만에 도와주러 온 연주자들도 만나게 되는데, 가뿐히 녹음을 마치고 이런저런 대화를 나누고 있으면 이런 게 녹음하는 재미이구나 싶어진다. 사는 얘기도 듣고, 근황도 나눈다.

지난 앨범에 클라리넷을, 이번 앨범에는 색소폰을 불어 주러 온 성배 씨나 두 번째로 코러스를 해주러 온 이랑 같은 경우 번번이 흔쾌히 와주어 고마움이 크기도 하다. 둘 다 연도를 확인하더니 〈우리가 녹음을 했던 게 벌써 그렇게 오래전인가요?〉 하며 놀랐다.

어느 오전에는 건너 건너 소개받은 프루겔혼 연주자를 만나 세 곡의 녹음을 마치고 근처에서 초밥을 먹었다. 클래식과 대중음악 연주의 차이에 대해, 인천에서 의정부까지 오가야 하는 복잡한 연습 일정에 대해, 마침 오늘이 백일이라는 둘째에 대해 이야기를 들었다.

몇 주 동안 안 풀리던 기타 편곡을 녹음 전날 밤에 떠오른 전혀 다른 방향으로 녹음해 무사히 마쳤고, 프로듀서의 PC에 문제가 생겨 기타 한 곡을 다시 녹음하기도 했다. 기타를 쳐준 홍갑은 파일이 사라졌다는 얘기를 듣더니 허탈한 듯 웃고 더 좋은 연주를 해주고 갔다. 그사이 짬짬이 발매 회의도 시작한다. 아직 존재하지 않는 음반의 홍보 방향을 정하고 11월 초지만 내년 1월에 쓸 공연장을 예약한다.

가장 희한한 느낌이 드는 작업은 코러스이다. 다들 일정이 바빠 각자 더빙 녹음을 하고 가다 보니 음반이 나오면

3집 콜라보 씨의 일일

title	콜라보 씨의 외출	댄디	계약서	지하보도	인터뷰	걷다 보니	파시스트 테스트	깨어있는 음악	만남	마트 오디세이	SNS
track	1	2	3	4	5	6	7	8	9	10	11
Nylon G.									O		O
A.G.	O		O		O			△			
E.G.		O				O		O			
D.Bass	~~●~~		~~●~~	~~●~~	~~●~~		~~●~~		~~●~~		
E.Bass		O				O		O		O	
Piano	●	●	●	●	O	●	●	●		O	
Organ						O				O	
Drum	●	●	●		●	●	●	●		●	
Percussion								O			O
Melotron											
Flugelhorn		O			O			O			
Keyboards		O				O	O		O	O	O
Saxophone							O				

O
악기 녹음 진행표. 이렇게 들어갈 악기를 분류하고, 곡별이 아닌 악기별로 녹음 일정을 짠다. 완료된 것들은 지워 나간다.

〈지금 저와 같이 부르고 있는 이 목소리는 누구죠?〉 하는 경우가 생긴다. 윤주미 님(프로듀서의 아내분)의 경우에는 앨범마다 코러스를 해주셨는데 정작 녹음 광경은 한 번도 본 적이 없었다. 프로듀서가 항상 제일 마지막에 〈그만 가서 쉬세요. 저희가 알아서 할게요〉라며 마무리하기 때문이다. 일주일 동안 여러 명이 다녀갔다. 밴드 〈빌리 카터〉의 보컬 김지원 님과 싱어송라이터 이호석, 용인에서 출퇴근하며 역시 바쁘게 살고 있는 밴드 〈투스토리〉의 강예진이 다녀갔다.

뒤로 갈수록 프로듀서의 손은 점점 빨라져 계획을 〈역주행〉하기에 이르렀다. 싱어송라이터 시와 씨는 분명 나흘 뒤에 들러 코러스를 해주기로 되어 있었다. 곡과 악보를 보내 주려고 문자를 보내려는데 먼저 문자가 왔다. 〈목인 씨, 저 방금 코러스 마쳤어요.〉 이게 뭔 일이지 싶어 보니 프로듀서가 싱어송라이터 강아솔의 공연장에서 만난 김에 바로 두 사람을 모셔다 녹음해 버린 것이었다.

시작한 지 한 달 반쯤 지난 11월 2일이 되자 정말 거짓말처럼 모든 녹음이 끝났다. 메일에는 들어 보라며 11곡의 파일이 첨부되어 있었고 〈드디어 녹음 완료 ㅎㅎ〉라는 프로듀서의 코멘트가 달려 있었다. 부족하기 짝이 없는 답을 보낼 수밖에 없었다. 〈수고하셨습니다 ㅠㅠ〉 녹음이 끝이라면 이제는?

디자인과 믹싱, 마스터링과 발매 공연 등등 아직 수많은 일들이 남아 있었다.

믹싱 여행

발매를 3주 정도 남긴 날 아침, 늑장을 부리는 은효를 어린이집에 데려다주고 와 메일의 파일을 다운받기 시작했다. 그새 믹싱 1차본이 와 있었다. 바로 들어 보려다 서둘러 아침을 차려 온다. 중간에 움직이지 않고 진득이 의식을 치르듯 듣고 싶었기 때문이다.

첫 곡은 좋았다. 이어서 두세 곡이 지나가는 데 웬걸, 계속 좋았다. 남은 곡들이 어떻게 변해 있을지 두근거릴 정도였다. 보통은 믹싱 음원을 받으면 〈앗 이렇게까지 세게?〉 하는 부담감에 심란하게 듣기 시작한다. 그러다 차츰 납득을 하거나 이건 아니라고 판단한다. 이번에는 처음부터 방향이 좋았다. 엉성하게 들떠 있던 것들이 안정되어 있었고, 밋밋했던 포인트들도 살아 있었다.

믹싱을 담당한 오짱은 밴드 〈마이크로 키드〉에서 활동했고 1집부터 내 앨범들의 믹싱을 맡아 왔다. 2집을 할 때만 해도 일산에 있었는데, 지금은 전북 완주에서 음악 작업과 교육 일을 하고 있었다. 여름에 근처에 공연하러 갔다가 만났는데, 그간 알게 된 노하우들이 많다며 믹싱 작업을 하고 싶어 몸이 근질거린다는 얘기를 했었다. 정말 새로운 노하우들이 적용된 것인지 모든 게 만족스러웠다. 솔직히 아주 잠깐, 〈이러다 정말 명반 나오는 거 아냐〉라는 생각까지 했다.

믹싱에 대해 자세히 설명하려면 기술적인 이야기가 필요하겠지만 쉽게 말해 녹음이 끝난 재료들을 다듬어 하나의 음원으로 만드는 과정이다. 악기들 간의 비율과 각각의 질감뿐 아니라, 어느 악기를 왼쪽에 두고 뒤에 둘 것인지, 전체적으로 어떤 인상을 줄 것인지 등을 매만지기 때문에 믹싱을 어떻게 하느냐에 따라 음악은 무척 달라진다. 녹음 엔지니어나 프로듀서, 음악가가 직접 맡는 경우도 있지만 내 앨범은 주로 믹싱 엔지니어에게 맡기는 편을 택해 왔다.

믹싱을 전문가에게 맡길 때의 장점과 관련해 좋은 예가 하나 있다. 전에 「최첨단 편집: 영화 편집의 마술」이라는 다큐를 보았는데, 나는 거기 나오는 〈편집〉이 음악의 믹싱과 무척 비슷하다는 것을 깨달았다. 다큐 속 영화감독은 촬영이 끝나자 편집 기사에게 편집을 일임하고 1차 편집이 끝나도록 나타나지도 않았다. 편집 기사는 그 이유를 이렇게 설명했다.

갓 촬영이 끝난 감독에게는 장면들이 객관적으로 보이지 않고, 곧바로 편집을 할 에너지도 없다는 것이다. 숙련된 편집 기사가 시나리오를 바탕으로 1차 편집을 한 뒤에 감독이 보는 것이 훨씬 결과가 좋다고 했다. 뒤이어 「죠스」에 엄청난 비용을 들인 스필버그 감독이 편집 기사가 과감히 들어낸 〈상어 장면〉에 분을 삭이지 못하는 에피소드들이 이어졌다. 편집 기사는 상어가 안 보여야 긴장감이 더 극대화된다고 판단했는데, 감독은 찍었을 때의 고생과 비용 때문에 도저히 빼지 못했던 것이다. 결국 오랜 편집 경험을 지닌 할머니 기사님이 승리했다.

우리도 녹음이 끝나면 파일들을 잘 정리해 믹싱 엔지니어에게 보낸다. 더빙 녹음을 했기 때문에 곡당 한 폴더에 열 개 정도의 파일이 들어 있다. 예를 들어 마이크를 그랜드 피아노의 현 가까이에 한 곳, 연주자 근처에 한 곳, 멀찍이 한 곳 설치하면 피아노 하나가 3개의 파일로 저장되는 것이다. 이 한 다발의 재료들을 마치 설명서 없는 레고 세트처럼 믹싱 엔지니어에게 보낸다.

엔지니어는 녹음실에서 내내 찌들어 있던 우리와 조금은 다른 삶을 살고 있다가(요리에 매진하거나 게임을 즐기거나 직장 생활로 바쁘게 살다가) 〈이거 재미있겠는데?〉 하는 마음으로 조립을 시작한다. 그리고 며칠 후 1차 믹싱을 마친 음원을 보내온다.

물론 맡기기 전에 기본적인 방향조차 안 알려 주는 것은 아니다. 우리가 공룡을 만들려고 하는 것인지, 코끼리를 만들려고 하는 것인지 정도는 알려 준다. 또 믹싱 엔지니어도 공연과 기존 음반을 통해 내 음악을 들어 보거나, 참고용으로 보내 준 음반 등을 들어 보며 작업한다.

프로듀서는 보내기 전에 이런 식으로 할 생각이라는 것을 알려 주기 위해 간단히 믹스를 해 보내는데, 우리는 이것을 〈가(假)믹스〉라고 부른다. 연주자들도, 〈아직 믹스 안 했으면 가믹스한 거라도 들려줘요〉라는 식으로 말한다. 녹음 때 어떤 방향으로 녹음을 해야 할지 모를 때에도 〈일단 한번 가녹음을 해보죠〉라고 말한다. 우리에게도 가인생 같은 것이 있어, 어떻게 살아야 할지 모를 때 참고할 수 있다면 좀 더 괜찮은 인생을 만들어 갈 수 있을까?

11월 중순의 오후, 프로듀서와 차를 타고 완주로 출발했다. 메일로 두세 번 주고받으며 대강의 조율은 끝냈고, 이제 직접 옆에 붙어 앉아 세밀한 부분들을 마무리 지어야 할 단계였다. 우리는 하얗게 포장된 볏단이 놓여 있는 충남의 들판을 지나며 각자 좋아하는 음반의 제작기에서 읽은 재미있는 에피소드들을 나누었다.

프로듀서는 밴드 〈요 라 텡고〉가 좀 더 큰 제작사와 계약한 뒤에도 이전에 작업했던 프로듀서를 포함해 2인 프로듀서 체제를 사용했다는 이야기를 해주었다. 나는 루 리드가 자신이 제작 과정에 의견을 덜 낼수록 흥행 성적이 좋으니 〈다음 녹음 때 내가 아예 빠지면 차트 1위를 하겠군〉이라고 비아냥댔다는 이야기를 했다. 한동안 피로한 눈으로 모니터만 들여다보고 있다가 모처럼 음악 이야기다운 이야기를 나누고 있으니 작업도 이제 끄트머리에 이르렀구나 싶어졌다.

이상할 정도로 밥을 많이 담아 주는 한 휴게소에서 저녁을 먹고, 어둑해진 완주의 읍내에 도착했다. 믹싱 엔지니어도 인근 지역에서 기타 수업을 마치고 도착했다. 우리는 잠깐 커피 한 잔을 마시며 안부를 나눈 다음 작업실로 들어갔다.

엔지니어가 모니터 스피커로 한 곡을 끝까지 들려주면 우리는 좀 고쳐 보면 어떨까 싶었던 부분을 얘기한다. 수정을 하기도 하고, 〈원래가 낫겠네요〉라며 되돌리기도 한다. 전체적인 방향을 바꾸는 것은 아니라서 보통 노래의 한구석을 두고 상의한다. 수정이 끝나면 엔지니어가 처음부터 다시 재생을 해준다. 프로듀서와 나는 조용히 들어 본다. 그리고 이상이 없으면 비로소 하나의 파일로 〈믹스 다운〉을 한다.

3~4곡씩 하고 잠시 쉬고, 그렇게 새벽 1시쯤 11곡을 모두 마쳤다. 엔지니어의 컴퓨터 폴더에 정리된 11개의 파일이 저장되어 있었다. 더 수정을 하는 일도 있지만 일단은 이 파일들을 마스터링 엔지니어에게 보낸다.

마스터링 엔지니어는 CD에 담기 직전 단계까지 음원을 추가로 다듬는다. 무엇보다 믹싱을 마친 음원은 실제 우리가 음악을 듣는 환경들(라디오나 이어폰, 카스테레오 등)에서 듣는 음원보다 음량이 작은 상태다. 마스터링 엔지니어는 적정한 수준으로 음압을 높이고, 미세한 음질들도 조정한다. 또 한 곡이 어디에서 페이드아웃되고 몇 초 뒤 다음 곡으로 넘어가게 할지 등 간격도 조정한다(엔지니어님들께 죄송. 이렇게 거친 설명들이라니).

믹싱 엔지니어가 출출하지 않느냐며 최근 연습 중인 파스타를 해주겠다고 해 염치없이 끄덕이고 말았다. 갓 작업을 마친 엔지니어가 해준 파스타를 맛있게 먹으며 신혼여행 때 들렀다는 나폴리 이야기를 들었다.

완주 읍내에 잡은 모텔에서 하루를 묵은 뒤 아침 일찍

다시 서울로 출발했다. 1시에는 뮤직비디오 팀과 회의가 잡혀 있었다. 내비게이션이 〈빠르지만 휴게소는 없는〉 길을 가르쳐 주는 바람에 2시간 반 뒤에야 광명시에서 겨우 커피 한 잔을 했다. 12시쯤 작업실에 도착했다.

재킷 디자인, 끝나 가는 느낌

집안일로 잠시 지방에 다녀오고 나니 언제 앨범 작업 같은 걸 했었냐는 듯 작품에 대한 실감이 싹 사라졌다. 올라오는 KTX에서 곡들을 한번 죽 들어 볼까 하다가 그만두었다. 대신 작곡가 알렉 와일더의 연주곡들을 틀어 놓고 눈을 감았다.

그나마 다행인지, 집에 와 다시 일정표를 보니 〈아직 제작 중〉이라는 자극이 살아났다. 재킷 디자인을 해야 될 때였다. 서울을 떠나기 전 디자인을 맡은 동생에게 드로잉 견본 몇 장을 보내 두었는데(〈다시 해〉라는 말을 들을 각오와 불안을 담아), 주말 동안 그 견본의 부족함을 대신할 대책이 세워져 있었다는 것을 알게 되었다. 사진을 써보자는 것이었는데, 당연히 그림으로 가는 줄 알고 있었기 때문에 뭔가 찜찜해지기 시작했다. 점심을 먹다가 시작한 전화 통화는 한없이 길어졌다.

언제나 어중간한 것이 문제다. 디자인을 직접 하려면 아이디어를 담뱃갑에 쓱 그려 줄 만큼 꽤 재능이 있든가 디자인 같은 것은 전혀 모르는 음악가가 되는 편이 낫다. 어중간하면 불안감만 커진다. 네 식구 중 세 명이 미술 전공자인 집안에서 자란 나로서는 보고 들은 것은 있어 생각이 많았다. 그래도 내 영역은 아니지 싶어 자제해 온 편인데, 직접 해보라고 부추기면 또다시 망설여졌다. 선뜻 하기도, 아예 손을 떼기도 싫은 기분.

다행히 1, 2집은 음반 디자인 경험이 많은 동생을 아트 디렉터로 삼고 작업했다. 가족끼리 일하면 안 된다는 불문율을 생각하면 우린 꽤 잘해 온 편이다. 1집의 경우에는 콘셉트가 뚜렷했고 오래전 그렸던 그림 한 장이 마침 어울려 동생이 매끈하게 마무리를 해주었다. 2집은 좀 더 길고 복잡한 고민이 있었지만 역시 동생이 연출 사진으로 잘 구현해 주었다. 하지만 3집은 제3자에게 맡겨 볼 생각이었다. 너무 서로를 잘 아는 테두리 안에서 작업하는 것보다 믿음이 가는 작가에게 마음껏 해보라고 하는 쪽이 신선할 것 같았기 때문이다.

하지만 이번 일도 결국 우리 둘이 하게 되었다. 빠듯한 제작 기간 동안 실수가 없을 만큼 일이 매끄러워야 했고, 앨범이 나온 뒤 웹 포스터 등 여러 용도로 이미지를 가공하는 번거로운 일도 기다리고 있었다. 새로운 협업은 무리였다. 한편 나는 한 정신분석 모임에서 내 무의식을 그림으로 그려 본 뒤로 〈마음속에 있는 것을 그리면 되지〉라고 자신하고 있었다.

자신감은 무슨, 하루 4시간 노래를 하고 오니 그림 같은 것은 건드리기도 싫었다. 조그만 사람 한 명 그리는 것조차 엄두가 나지 않았다. 스케치북과 난생처음 사본 〈아티스트용 펜〉을 가방에 넣고 다니며 동네 패스트푸드점 2층에서 탁자에 앉은 사람들을 그려 보았다. 형편없었다. 날짜는 다가오고, 퀄리티보다 마감이 중요해지기 시작했다.

앨범 디자인은 중요하고도 어려운 부분이다. 음악을 소개하는 데 있어 갈수록 시각적인 이미지의 역할이 커지고 있지만 디자이너와 음악가 간에 의사소통을 잘하기란 쉽지 않다.

경험 많은 앨범 디자이너의 말에 따르면 보통 음악가들에게는 이미 〈자기가 생각하는 그림〉이 있단다. 그것에 맞지 않다고 투덜거리면 곧 아파지는 것이다. 시안을 보고 울음을 터뜨려 디자이너에게 상처를 주었다는 어느 밴드 멤버 얘기도 들었다. 물론 디자인에 전혀 관심이 없어 이건 좀 너무하다 싶은 커버에도 만족하는 음악가도 있지만, 글씨체나 자간 때문에 잠을 못 이루는 음악가도 있다. 〈내가 폰트는 좀 안단 말이야!〉 하며 속앓이를 하는 것이다.

디자이너나 제작자들이 음악가들의 이런 욕심을 모르는 게 아니다. 그쪽에도 나름 대처하는 기술들이 있어 몇 가지 논쟁이 예상되는 부분은 아예 안 보여 준다든지, 이미 돌이킬 수 없는 시점에 보여 준다든지 하는 방법을 쓴다. 디자이너가 보기에 음악가들은 언제나 자신과 영 맞지 않는 이미지들을 가져와 자기 이미지를 고집하는 존재들일 것이다. 반면 음악가들에게도 나름의 이유가 있다. 어쨌든 하나의 이미지로 몇 달, 몇 년간 대중을 만나야 하는 쪽은 본인이다 보니 한껏 고집을 부려 보는 것이다(물론 재킷 이미지 하나로 대중을 만나는 건 아니지만 제작 중에는 그런 기분이 든다).

〈내가 노래를 짓고, 너는 그림을 그렸으니 이보다 어찌 어울리랴〉는 식으로 일이 이루어진다면 얼마나 좋겠는가. 친구가 호의로 그려 준 그림에 감 놔라 배 놔라 하다가 싸우는 경우도 있고, 디자이너의 너무 강한 개성에 음악이 파묻히는 경우도 있다.

그래서 레이블에서는 지속적으로 함께 일하는 아트 디렉터를 둔다. 단순히 필요한 이미지들만 만들어 주는 게 아니라 한 레이블 음반들의 스타일을 관리하기도 하고, 제작자, 음악가, 드로잉(혹은 사진, 일러스트) 작가 간의 의사소통을 담당하기도 한다. 그리고 항상 그렇지만 제작 단계의 사고를 줄이려면 전문가가 필요하다.

언젠가 디자이너를 대신해 인쇄가 이루어지는 곳에 가 본 적이 있었는데 긴장의 연속이었다. 거대한 인쇄기에서 순식간에 쏟아져 나온 전지들 중 한 장을 집어 든 기사님은 내게 색이 괜찮은지 확인해 보라고 했다. 뭐 하나라도 잘못 말하면 그대로 수백 장이 출력된다는 사실에 나는 머릿속이 하얘졌다.

인쇄 사고가 난 작업들도 보았다. 거꾸로 인쇄된 재킷과 밴드 이름이 틀린 포스터, 종이 케이스에서 CD 케이스가 빠지지 않는 음반들을 보았다. 가벼운 아이디어 하나를 구현하기 위해 컨베이어 벨트에 앉은 아주머니들이 쉴 새 없이 손을 놀리고 있는 것도 보았다. 그처럼 많은 손길이 오가고, 간단치 않은 것이 재킷을 만드는 일이다.

나는 동생과 통화한 저녁에 한껏 겸손해진 마음으로 다시 시내에 나가 한 장을 더 그렸다. 앨범의 주인공 〈콜라보 씨〉가 패스트푸드점에서 졸고 있는 그림이었다. 〈거절당하면 다시 그리지 뭐〉 할 정도로 편안한 기분이 들며 이 밤 시간이 앨범의 분위기와 왠지 어울린다는 생각이 들었

○

3집 앨범의 커버 드로잉. 스케치(위)와
최종본(아래)

다. 내친김에 질 좋은 스캐너가 있는 동생 작업실로 원화를 갖다 주기로 했다.

동생은 자신의 일도 바쁜 와중에 흰 탁자 위에 재킷의 각 면을 배치해 놓고 고심하고 있었다. 잠시 설명을 듣고 옆에 앉아 다시 그리라는 것은 다시 그리고, 더 그리라는 것은 더 그리고 나니 양쪽 다 불안감을 덜 만한 무언가가 보이는 듯했다. 오늘은 거기까지 하기로 했다.

백 장 정도는 그려야 할 것처럼 부담을 주던 이미지는 정작 몇 장이면 되었고, 몇 달간 녹음한 것은 80메가바이트 정도의 파일이 담긴 폴더 하나였다. 과정과 결과의 격차는 어찌 이리도 큰 것인지.

부쩍 쌀쌀해진 밤의 버스 정류장에 서 있으니 몇 달간 마음 한구석을 떠나지 않던 숙제 하나가 또 이렇게 무사히 끝나 가는구나 싶었다.

혹한기 뮤직비디오

엄청난 한파가 왔던 날 뮤직비디오 촬영이 있었다. 혹한기 장면이 필요해 날짜를 맞춘 것은 아니었고 우리에게 주어진 시간이 며칠 없었기 때문이다. 지방의 영화 촬영소를 빌려서 찍는다는 계획이 취소되는 바람에 일정이 빠듯해지고 말았다. 〈슈가솔트페퍼 프로덕션〉의 윤지원 감독님이 우리 동네에 하루 답사를 왔고 마음에 들어 해 주변의 공간들을 활용해 찍어 보기로 했다. 일정은 하루.

촬영 날 새벽에 일어나 창밖을 내다보니 약속대로 중무장을 한 촬영팀이 걸어오고 있었다. 다들 다른 촬영 때문에 잠이 모자란 상태로 나온 것이었다. 묵직한 걸음 소리가 4층 계단을 올라왔다. 감기로 고생하던 레이블의 A&R 정란 씨도 링거로 살아났다며 밝은 얼굴로 도착했다. 가볍게 차 한 잔을 하며 밤에 골라 둔 의상 두 벌 중 한 벌을 정했다. 오늘의 배우는 나였다. 원래 직접 출연할 계획은 아니었지만 그렇게 되었다. 외투 속에 패딩을 받쳐 입고 허벅지에 핫 팩도 붙였다. 나가 보기로 했다.

첫 장면에선 불광천 변에 나란히 서 있는 자매결연 도시 비석들 앞을 통화하며 걸었다. 가뜩이나 연기도 어색한데 갓 녹음한 곡을 부르려니 가사까지 헷갈렸다. 타이틀 곡 「걷다 보니」의 가사를 통화 내용인 듯 계속 읊조리며 걸으면 되었는데, 카메라가 〈전남 진도군〉의 비석을 클로즈업하다 적당히 줌 아웃할 때 출발해야 해 맞추는 데 시간이 걸렸다. 땅에는 서리가 하얗게 내려 있었고 아침 운동을 하는 어르신들이 흘끗거리며 지나갔다.

여러 제작 단계를 거쳐 오며 나는 내 자신이 〈최대한 협조한다〉는 식의 소극적인 마음으로 움직이고 있다는 걸 깨달았다. 이것이 내 뮤직비디오라는 감각을 잠시 잊었던 것이다. 시키는 것만 할 게 아니라 〈생각〉을 해야 했다. 문제는 노래할 때보다 크게 입을 움직여야 화면에 보인다는 점. 적극적으로 발음하며 화면에 잘 잡힐 때까지 여러 번 촬영을 했다.

이제 버스로 높은 지대까지 이동한 뒤 근처 숲속의 수풀을 헤치며 나오는 장면을 촬영했다. 준비 기간이 길었더라면 이 장면이 무슨 의미인지 좀 더 들어 볼 수 있었을 텐데, 마치 출장 중 원시림으로 들어서 버린 회사원처럼 통화하며 풀숲을 헤치고 나왔다. 은효와 올챙이가 있는지 들여다보았던 숲속 연못은 이제 꽁꽁 얼어 있었다. 촬영팀이 휴대용 블루투스 스피커로 음악을 틀어 주었는데, 멀어질 때마다 들리지 않아 새로운 방법을 찾아냈다. 스피커를 내 주머니에 넣고 내가 조작하며 연기를 하기로 했다.

집 근처까지 산을 걸어 내려왔다. 워낙 일찍 시작해서인지 동네도 이제야 슬슬 깨어나고 있었다. 서둘러 내 방을 촬영한 뒤 근처 골목들로 다시 필요한 장면들을 찍으러 나왔다. 꽤 진땀을 뺀 곳 중 하나가 어린이집 뒷골목이었는데, 안에 은효가 있는 시간이었다. 언제라도 원장님이 내다보시며 〈은효 아버지 뭐 하세요?〉 할 듯한 긴장감이 감돌았다.

아침의 천변 장면이 불안해 한 번 더 촬영한 후 을지로로 이동했다. 진양 꽃시장 건물 주위와 인쇄소 골목을 걸으며 찍고 있으니, 아무래도 이번 앨범은 을지로와 인연이 있는 듯한 느낌이 들었다. 지난겨울 작곡을 위해 머물렀던 호텔이 바로 근처에서 굽어보고 있었다.

늦은 오후의 인쇄 골목에서 종이를 가득 싣고 지나가는 오토바이들을 피해 가며 걷는 나(전화에 대고 노래를 하는 이상한 사람)를 스테디 캠이 열심히 따라가며 찍었다. 99년,

친구들과 세기말의 정서에 대한 비디오 영화를 찍겠다고 이런 골목을 헤맨 적이 있었는데, 촬영 버튼의 On/Off를 반대로 누르는 바람에 몇 장면 건지지도 못하고 포기했었다. 낡은 상가와 골목은 내가 항상 찍고 싶어 하던 것이었는데, 전문 촬영팀이 입체적으로 담고 있으니 내 뮤비인 걸 떠나, 좋았다.

벌써 저녁. 닭곰탕을 한 그릇씩 먹고 〈을지다방〉으로 이동했다. 문제는 을지다방이 두 곳인 줄은 몰랐다는 것. 한 곳의 2층 입구에 조명 기구를 다 옮겨 놓고 나서야 잘못 온 것을 알았다. 다시 장비를 내려 이동했다. 제대로 찾은 을지다방의 주인은 우리 다방이 꽤 유명하다며 촬영에 익숙하신 듯 촬영팀을 맞았다. 저녁은 먹었냐고 물으시며 밥이라도 차려 주실 기세였다.

설탕이 듬뿍 든 커피 한 잔씩을 마시고 좌석과 조명 세팅을 한 다음 촬영을 시작했다. 〈콜라보 씨〉가 모락모락 김이 나는 다방 커피 한 잔을 시켜 놓고 기타를 치거나 그림을 그리는 장면이었다. 일하시는 분이 카운터에서 열심히 지켜보셨는데, 중간에 단골 아저씨 한 분이 고개를 들이밀고 뭘 하는지 궁금해하자 끝까지 알 필요 없다면서 내보냈다. 손님은 〈허허, 이거 뭐 공산주의야?〉 하더니 멋쩍어 하며 돌아갔다.

공간 대여를 해주긴 했지만 정확히 무슨 촬영인지 궁금해하던 다방 사람들은 내가 기타를 꺼내자 〈아 음악이구나〉 하면서 끄덕였다. 얼마 전에는 누가 란제리를 입고 화보를 찍고 갔는데 정확히 어디에 나온 건지는 모른다고 했다. 예의상 우리 작업은 알려 드리는 게 좋을 것 같아 주인분께 이름을 알려 드렸고 12월 초에 인터넷에 찾아보라고 말씀드렸다. 다방 장부의 빈 여백에 내 이름과 12월 초라는 볼펜 글씨가 남았다.

이미 밤이었다. 한 층 밑이 을지면옥이었지만 우리에게 냉면 먹을 틈은 없었다. 다시 차를 타고 홍대로 와 〈걷고 싶은 거리〉에서 말 그대로 걸어가며 많은 장면들을 찍었다. 이제 나는 주머니의 스피커와 립싱크하는 데 익숙해져 백 번이라도 다시 할 수 있을 것 같았다. 수많은 인파가 오가는 거리를 위로 걷고 아래로 걸었다. 촬영 카메라가 따라다니니 행인들이 연예인이라도 찍나 싶어 호기심을 보였는데, 누굴 찍는 건지 끝내 모르겠으니 고개만 갸우뚱했다.

밤 10시, 다들 피곤하지만 추위에 얼어붙어 잘 느끼지도 못하는 그런 상태로 따뜻한 캔 커피를 하나씩 끌어안고 근처 벤치에 앉았다. 집이 가까운 정란 씨는 그만 퇴근시켜 드리고 우리 동네로 가 마지막 촬영을 하기로 했다. 어린이집 옆 골목으로 외출한 콜라보 씨가 이제 귀가할 시간이었다. 컴컴해진 동네에서 매일 오가는 집 앞길을 천천히 건너는 것으로 촬영을 마무리했다.

12시. 따뜻한 방에 누워 몸을 녹이며 고생한 촬영팀에게 감사 문자를 보냈다. 뮤직비디오에 노출된 나의 자아 같은 것은 길었던 하루와 추위에 얼어붙어 아무런 신경도 쓰이지 않았다. 오로지 끝났구나 하는 생각, 일정표의 〈뮤직비디오〉도 완료구나 하는 생각뿐이었다.

이제 할 일이 또 뭐가 있나, 정말이지 내가 할 일은 거의 끝난 것 같았다.

내 것이 출간되었을 때의 기분

사람의 기분이란 것이 어떤 때는 참 유치하다 싶게 단순하다가 어떤 때는 한없이 미묘해진다. 앨범이 발매되었을 때의 기분이 그렇다. 여러 가지로 표현할 수 있겠지만 단순히 〈기쁘다〉가 아닌 것은 분명하다.

아무래도 광화문 같은 곳에서 제야의 종소리를 기다리듯 기다리지 않아서 그런 것 같다. 발매 시간인 정오 직전에도 나는 평소처럼 집 안을 돌아다니고 있다. 첫 앨범이 아니라서 지인들의 문자가 쇄도하거나 그럴 일도 없다. 그렇다고 〈발매일 따위가 뭐 중요해?〉 하며 덤덤해 하지도 못한다.

사실, 이미 앨범 샘플 몇 장과 음원은 내게 와 있다. 다만 하나의 음원이 아직 내 수중에 있을 때와 세상에 공개되었을 때 사이에는 큰 차이가 있다는 걸 느끼고 있는 중이다. 심지어 노벨상 후보들이 왜 발표 당일 집을 비우는지도 알 것 같다. 세상에 그렇게 머쓱한 순간이 없을 것이다.

12시 5분 전. 두 사람에게 감사의 문자를 보냈다. 가장 가까이에서 수고한 프로듀서와 A&R의 정란 씨에게. 두 사람에게는 내 앨범 말고도 다른 업무가 많고, 발매일은 긴장되기보다는 한시름 놓은 시간일지 모른다. 가족들? 아내는 몇 년 전부터 내 변덕과 걱정을 보아 오다 오늘 아침에야 마지막 축하를 건네며 〈작업하러〉 갔고, 어머니는 언제나처럼 이 일이 대단한 일임을 전화로 표현해 주셨다.

발매일을 공개한 뒤에도 제작진은 바쁜 날들을 보냈다. 사람들이 녹음이 끝났으니 한시름 놓았으리라고 생각할 만한 시점에도 할 일은 많았다. 촬영팀은 발매 이틀 전까지 편집에 매달렸고, 레이블에서는 기대감을 최대한 증폭시키려고 며칠간 시차를 두고 커버 이미지와 트랙 리스트, 관객 간담회 예매 안내, 티저 영상, 하이라이트 미리듣기 등을 공개했다.

나는 많은 연구들에서 〈자존감을 떨어뜨린다〉고 증명된 일, 〈자기 이름 검색〉을 간간이 해보았다. 어떤 사람은 해외에서 발매 소식을 접했고, 또 다른 사람은 주문해 놓은 음반이 한 주의 기쁨이 되길 기대하고 있었다. 특히 나는 후자가 반가웠다. 나 역시 음반이나 책을 주문해 놓고 좋아하는 사람이니까. 종이와 플라스틱, 그림과 폰트들로 이루어진 물건이 신비한 아우라를 띠고 내 손에 도착했을 때 잠시 고조되는 기쁨. 내 음반이 그런 즐거움의 문화 속에 있다는 것이 자랑스럽다.

창작자 역시 대부분의 시간에는 문화 상품의 소비자이기 때문에 그중 하나를 생산했다는 것은 감격스러울 수밖에 없다. 아마 가장 기대 섞인 순간을 꼽으라면 발매 시점보다는 CD가 왔다는 소식을 듣고 찾으러 갈 때를 꼽겠다. 폭우가 와도 우산을 들고 당일에 보러 가고야 마는 그런 마음. 공장에서 도착한 박스에서 비로소 제품이 된 내 창작물을 마주하는 순간.

가정에서도 공산품과 구분이 안 되는 녹음과 인쇄를 할 수 있는 시대이지만 아직 지망생일 때는 자신의 인쇄된 출판물, 어딘가에 진열된 창작물을 갖는다는 것은 꿈같은 일이었다. 그래서 첫 작품을 손에 쥐었을 때는 정말이지 눈물겨운 기분이 들었다. 괜히 특별하게 느껴지는 투명 케이스, 디자이너의 모니터에서 실제가 되어 돌아온 커버의 색감과 질감.

그러나 이런 순수한 기쁨은 영원히 유지되지 않는다. 두 장, 세 장 발매하다 보면 박스에서 꺼내어 큰 문제가 없나 쓱 살펴보는 정도로 끝나기도 한다. 앞서 말했지만 음원과 디자인은 이미 수없이 본 상태이기 때문이다.

심지어 곧바로 재생해 보지 않는 경우도 있다. 이 역시 수없이 들은 것을 CD로 한 번 더 들어야 하는 일이기 때문이다. 홍보용 샘플을 받아 온 어제는 은효가 잠든 시간이라, 아내와 식탁에서 케이스만 구경하며 이런 농담을 하기도 했다. 「이 CD 안에 음악이 들어 있기는 하겠지?」

둘 다 창작을 하다 보니 우리 집에는 항상 책과 음반들이 많다. 내가 출간한 것들도 있고, 주변인들이 보내 주는 증정본들도 있다. 나도 뭔가가 나오면 누구누구에게는 한 장 줘야 한다며 보내곤 하지만, 반대 입장이 되면 가방에 든 누군가의 증정용 CD를 며칠 후에야 발견하는 경우도 있다. 이런 바쁨과 무관심의 물결 속에서 누군가 자신의 작품을 신성히 여기며 조용히 듣고 함께 기뻐해 주리라는 기대감을 가져 보는 것이 우리의 일이다.

어제는 어머니가 쌈 채소와 밑반찬을 보내 주실 때 쓰셨던 스티로폼 상자에 돌려드릴 유리병과 아이스팩 등을 넣었다. 그리고 최근 출간된 아내의 책 두 권과 내 사인 CD를 넣었다. 이것이 올해 우리 집의 수확물이었다.

유리병과 아이스팩에 비해 책과 음반의 부피가 작아 충진재처럼 구석에 끼워 넣고 우체국 택배 용지에 썼다.

내용물 유리병, 책, 음반.

오늘 어머니가 잘 받았다며 전화를 하셨다. 내 음반에 대해 별 이야기가 없으시기에 이미 알고 계셔서 그런가 보다 했는데, 조금 있다 다시 전화가 왔다. 유리병과 아내의 책까지는 보았는데, 그 구석에 내 음반도 있는 줄은 몰랐다고. 축하한다고. 그간 정말 수고 많았다고.

긴 번민의 시간과 소심한 자아가 작품이 되고, 이제 공동의 것으로 세상에 내보내야 하는 부담감이 밀려온다. 제작진들의 노고는 몇 개의 파일로 압축되어 조그만 플라스틱 케이스에 담겨 있고, 음원은 단 몇 초 만에 웹에서 전송될 것이다. 이 과정의 각 단계들은 해마다 점차 간소해지고, 가벼워지고, 생략될 것이다. 그럼에도 계속 뭔가를 만들고, 주고받고, 들어 보는 기쁨이 이어지길 기대하는 것. 메모에서 시작된 이야기가 누군가의 삶에서 또 다른 이야기로 확장되길 기대하는 것. 그것이 우리가 여전히 하고 있는 일이다.

그런 생각을 하는 사이 정오가 지나 있었고 내 음반은 음원 사이트들에서 〈발매된 음반〉으로 바뀌어 있었다.

에필로그

앨범이 발매된 후 몇 달 동안 각종 인터뷰를 했고, 콘셉트와 제작 과정에 대해 길고 자세한 설명들을 했다. 라디오에서는 신곡을 연주했고, 엄청난 부담감 속에서 발매 공연도 치렀다. 무대에서는 어떻게 이리도 많은 분들이 기억하고 와주었을까 싶을 만큼 과분한 축하를 받았다.

또 하나 서둘러야 했던 일은 이 책을 마무리하는 것이었다. 더 이상 〈앨범 때문에 바빠서〉라고 핑계를 댈 수 없었기 때문이다. 책을 쓰는 과정은 앨범을 만드는 것과 흡사했다. 애초에는 전혀 다른 구상들이 있었고, 쓰면서 드러나는 문제점에 따라 계속 방향이 바뀌었다. 그 모든 시간이 지지부진했던 것은 적절한 형식을 찾지 못해서였다. 글이든 노래든 일종의 유기체 같은 것이다 보니 형식이 적절한지 아닌지를 적나라하게 드러냈다.

한 직업의 풍경을 소개한다는 출간 의도에 따라 처음

에는 〈음악 씬〉이라는 공장의 직원처럼 내가 이 부서, 저 부서 다니며 견학을 시켜 준다는 아이디어도 있었다. 또 중세 시대 장인의 삶을 보여 주는 역사 교양서처럼 전형적인 가상 인물의 한 해를 묘사해 보는 형식도 생각했었다. 하지만 쓰다 보니 주위의 가까운 음악가들만 해도 각자의 삶과 조건, 활동 방식이 너무나 각양각색이란 생각이 들었다.

결국 나라는 개인, 다들 이렇게 사는지 나만 이렇게 사는지도 모르고 살고 있는 한 개인의 시선을 통해 〈싱어송라이터라는 직업의 일상〉을 엿보는 형식을 취하게 되었다.

몇 년째 느리게 진행되던 글은 결국 앨범 제작 일정과 겹쳤고, 이왕 이렇게 된 것, 반전의 기회로 삼자는 생각이 떠올랐다. 〈곧 철새들이 찾아오는 시즌〉이라고 다큐멘터리 촬영팀을 설득하듯 편집자를 설득했다. 기한을 더 주면 곧 있을 생생한 녹음 이야기까지 담을 수 있을 거라고.

그러나 후회했다. 앨범 작업을 하며 현재 진행형으로 기록까지 한다는 것은 쉽지 않았다. 이 글을 읽으며 싱어송라이터의 생활에 빈틈이 꽤 있는 듯한데 화자가 과하게 스트레스를 받고 있다고 느꼈다면 그 시간에 내가 이 글을 쓰고 있어서 그랬다는 것을 감안해 주면 고맙겠다.

앨범을 내고 흥미로웠던 일 중 하나라면 2018년도 한

국대중음악상 4개 부문(올해의 음반, 올해의 음악인, 최우수 포크 음반, 최우수 포크 노래) 후보에 오르고 아무것도 타지 못한 사건이었다. 나는 정말 괜찮았지만 어떻게 괜찮다는 표정을 지어야 할지 알 수가 없었다. 시상식 이튿날 블로그에 소감을 남겼는데, 그 글이 이 책에 충분히 담지 못한 두 가지, 음악을 하는 보람과 팬들에 대한 고마움을 담고 있는 것 같아 옮기면서 마무리할까 한다.

책에서 다룬 기간에 실제 만났지만 등장하지 않은 분들이나 겨우 이름만 소개한 음악가들에게 미안함을 전한다. 나도 이런 책을 보면 혹시 내 이름이 등장하는지 슬쩍 찾아보는데, 정작 써보니 〈스페셜 쌩스 투〉처럼 모두 집어넣을 수는 없다는 걸 이해하게 되었다. 그분들께 〈행간의 감사〉를 전한다.

2018년 3월 1일 상은 못 받았지만 감사합니다

어제저녁 한국대중음악상 시상식에 다녀왔고, 결국 상은 받지 못했습니다.^^
4개 부문이나 올랐었기에 기대가 전혀 없었다면 거짓말이겠고, 어쩌면 제작진과 연주자들에게 좋은 선물 하나 할 수 있지 않을까 생각은 했었습니다. 프로듀서

와 A&R, 연주자들, 디자이너, 엔지니어, 피처링 해준 동료들과 뮤비팀까지……. 무대에서 했을지 모를 감사 인사를 여기에서 다시 한 번 전합니다.
또 힘들게 번 돈을 쪼개어 항상 공연장을 찾아 주시는 관객분들께도 여기에서 깊은 감사를 전하도록 하겠습니다. ㅎㅎ
저는 사실 이번 3집 앨범에서 개인적으로 하고 싶었던 많은 것들을 구현했고, 그래서 어쩌면 조금 대중적이진 못할 거라고 전망했었습니다. 그런데도 생각 이상의 공감을 얻었으니 이미 만족입니다.
그런 만족감이 있는 것 같아요. 얼마 전 싱어송라이터 홍갑의 「불우의 명곡」*에서 함께 공연하며 이 묘한 행복감은 뭘까 생각했었는데, 어떤 감성이 그 범위를 벗어나기 직전에 딱 좋은 시간을 보내고 있는 느낌이랄까요. 누군가는 마이너한 감성이라고 할 수도 있고, 누군가는 몇 퍼센트가 부족한 한계라고 하겠지만 해온 것들의 가치를 알아주는 사람들에게 충분히 둘러싸여 있다는 느낌, 그건 아주 소중하고 전혀 외롭지 않은 느

* 홍대의 〈한잔의 룰루랄라〉에서 기획한 「불후의 명곡」 패러디 공연. 동료 음악가들이 주인공의 곡들을 각자의 스타일로 연주한 뒤 주인공을 불러 본인의 곡을 듣는다. 나는 2016년 주인공이었고, 올해 〈싱어송라이터 홍갑 편〉에 출연했었다.

낌이었던 것 같습니다.
저에게는 이번에 4개 부문에 후보로 오른 상황이 딱 그런 느낌이었습니다. 제가 낼 수 있는 에너지 안에서 한껏 지지를 받는 느낌 말이죠.
내심 응원해 주셨을 분들과 친구, 동료들에게 오래오래 좋은 작업 들려드리는 것으로 보답하겠습니다. 고마워요!

지은이 **김목인** 작곡가, 싱어송라이터. 밴드 〈캐비넷 싱얼롱즈〉의 멤버로 음악을 시작해 현재는 자신의 이름으로, 또 〈집시앤피쉬 오케스트라〉의 멤버로도 활동하고 있다. 「리틀 팡파레」(캐비넷 싱얼롱즈), 「음악가 자신의 노래」, 「한 다발의 시선」, 「콜라보 씨의 일일」 등의 앨범을 발표했고, 문학에 대한 애정으로 글쓰기와 번역 작업도 병행해 오고 있다. 지은 책으로는 『내 마음대로 되지 않는 일』(공저), 『22세기 사어 수집가』(공저), 옮긴 책으로는 『다르마 행려』, 『Howl: 울부짖음 그리고 또 다른 시들』(공역), 『리얼리티 샌드위치』, 『한결같이 흘러가는 시간』, 『강아지 책』, 『고양이 책』 등이 있다.
음악가라는 직업의 일상을 보여 주고 있는 이 책은 3집 앨범 「콜라보 씨의 일일」 녹음이 있던 2017년의 풍경을 담고 있다.

직업으로서의 음악가

발행일 **2018년 11월 5일 초판 1쇄**
2023년 6월 10일 초판 8쇄

지은이 **김목인**
발행인 **홍예빈 · 홍유진**
발행처 **주식회사 열린책들**

경기도 파주시 문발로 253 파주출판도시
전화 **031-955-4000** 팩스 **031-955-4004**
www.openbooks.co.kr

ISBN 978-89-329-1936-2 03810

이 도서의 국립중앙도서관 출판예정도서목록(CIP)은 서지정보유통지원시스템 홈페이지(http://seoji.nl.go.kr)와 국가자료공동목록시스템(http://www.nl.go.kr/kolisnet)에서 이용하실 수 있습니다.(CIP제어번호 : CIP2018034149)